KB142603

수상한
거미소년

수상한 거미소년

청소년 성장소설 십대들의 힐링캠프, 자존감

[십대들의 힐링캠프®] 시리즈 NO.72

지은이 | 정온하
발행인 | 김경아

2023년 12월 5일 1판 1쇄 인쇄
2023년 12월 12일 1판 1쇄 발행

이 책을 만든 사람들
책임 기획 | 김경아
기획 | 김효정
북 디자인 | KHJ북디자인
표지 삽화 | 소리여행
경영 지원 | 홍종남
기획 어시스턴트 | 홍정훈, 한선민, 박승아
제목 | 김경아
책임 교정 | 이홍림
교정 | 주경숙, 김윤지

이 책을 함께 만든 사람들
종이 | 제이피씨 정동수 · 정충엽
제작 및 인쇄 | 천일문화사 유재상

청소년 기획위원
정가인, 양태훈, 양재욱

펴낸곳 | 행복한나무
출판등록 | 2007년 3월 7일. 제 2007-5호
주소 | 경기도 남양주시 도농로 34, 301동 301호(다산동, 플루리움)
전화 | 02) 322-3856 팩스 | 02) 322-3857
홈페이지 | www.ihappytree.com | bit.ly/happytree2007
도서 문의(출판사 e-mail) | e21chope@daum.net
※ 이 책을 읽다가 궁금한 점이 있을 때는 지은이 e-mail을 이용해 주세요.

ⓒ 정온하, 2023
ISBN 979-11-88766-73-9
"행복한나무" 도서번호 : 174

※ [십대들의 힐링캠프®] 시리즈는 "행복한나무" 출판사의 청소년 브랜드입니다.
※ 이 책은 신저작권법에 의거해 한국 내에서 보호를 받는 저작물이므로 무단 전재 및 복제를 금합니다.

수상한 거미소녀

| 정온하 지음 |

차례

이 책은 사고로 귀가 들리지 않게 된 현오가 특수학교가 아닌
일반 학교에 다니면서 부딪치는 편견과 그 극복 과정을 그린 이야기입니다.

세상의 모든 소리가
사라져 버린 날

그해 겨울, 나는 사고로 소리를 잃었다. 아빠마저 하늘나라로 떠나게 된 그날, 큰 충격과 함께 세상의 모든 소리가 나에게서 사라져 버린 것이다. 사고 전에 들을 수 있었던 엄마의 목소리가 어땠는지도 이제는 생각이 나질 않는다. 처음부터 들리지 않았던 것처럼.

그날 이후부터 사람들은 나를 '청각장애인'이라고 불렀다. '이현오'라는 이름이 있는데도 말이다. 내가 조금 더 자라서 그 뜻을 알게 됐을 때는 너무나 슬펐지만 한편으로는 다행이라고 여겼다. 귀가 들리지 않아서 불편해도 눈은 보이는 것에 감사했으니까.

그런 생각을 하게 된 첫 번째 이유는 내가 세상에서 제일 사랑하는

엄마의 얼굴을 볼 수 있어서였다. 엄마의 미소는 나에게 **힘든 순간**을 버틸 수 있게 해주는 유일한 위로였다. 그리고 두 번째 이유는 눈으로 볼 수 있어서 글을 읽을 수 있다는 거였다. 덕분에 엄마의 수많은 노력을 두 눈으로 온전히 받아들일 수 있었다.

귀로 소리는 들을 수 없게 되었지만, 입으로 말하는 방법까지는 절대 잃지 않도록 엄마는 끊임없이 공부하며 자료를 수집했고, 많은 전문가의 도움으로 여러 가지 방법을 찾아냈다. 다양한 글자를 종이에 적어 보여주고 그것을 계속 반복해 내가 말을 하게끔 발성 연습을 도와주었다. 그리고 엄마가 직접 표정을 지어 보이고 그것에 해당하는

기분의 단어나 문장을 적어주면서 상대방의 표정을 읽는 연습도 같이 했다. 매일, 하루도 빠짐없이.

그렇게 쉬지 않는 엄마의 노력 덕분에 나는 여전히 말도 할 수 있었고 표정만으로도 사람들의 감정을 거의 이해할 수 있게 됐다. 그래도 부족한 부분이 느껴지면 자막이 나오는 영상을 시청하면서 사람들의 표정과 감정, 상황에 맞는 말과 행동을 자연스레 익히고 배웠다. 다행히 사고 이전에 말과 글을 미리 배웠기에 가능한 일이었다. 그 모든 게 어느 정도 익숙해졌을 때, 조금 더 용기를 내서 세상 밖으로 나가게 됐다. 길거리를 지나가는 사람들의 표정을 자세히 관찰하며 실제 상황에 맞춰서 잘 적응해 나가기 위해서였다. 그렇게 남들과는 다른 나만의 능력을 만들어갔고, 점차 용기도 얻어갔다.

"현오야, 오늘도 잘했어. 고마워."

엄마는 잠들기 전에 항상 같은 말을 해줬다. 내가 들리지 않아도 엄마는 꼭 말부터 먼저 한 다음 곧바로 글로 적어서 보여줬다. 입으로 말을 해도 종이에 적어서 무슨 뜻인지 알려줘야 하는 일이 반복되면서, 문득 그런 생각이 들었다. 귀로 들을 수 없는 말을 눈으로라도 혼자 알아듣고 싶다고. 글을 보지 않아도 내가 바로 알아들을 수 있는 방법을 찾고 싶다고. 단 한 번쯤은 나 혼자 무언가를 해내서 엄마를 기쁘게 해주고 싶었다. 그래서 새로운 도전을 시작했다. 하늘이 귀를 대신해서 눈만큼은 허락해 준 세 번째 이유를 스스로 만들기 위해서.

"그래, 한번 해보는 거야!"

청각장애인에 관한 영상을 봤을 때 알게 됐던 '독화'를 나만의 능력으로 만들기로 결심했다. 그날부터 엄마가 자막이 나오는 영상을 보여줄 때마다 말과 함께 몰래 입술 모양도 외웠다. 새 도전을 비밀로 한 건, 완벽하게 할 수 있게 됐을 때 짠, 하고 멋지게 보여주고 싶어서였다.

하지만 그 과정은 생각만큼 쉽지 않았다. 움직이는 입술 모양을 눈으로만 보고 정확히 읽어내는 건 매우 어려운 일이기 때문이다. 상대가 말하는 입술 모양을 모두 외우고 그것을 연결해서 말로 알아들어야 하는 게 무척 힘들었다. 그래도 포기하지 않고 열심히 한 결과, 마침내 해낼 수 있었다. 처음으로 나 혼자 이뤄낸 능력이라서 더 값지고 뿌듯했다.

"내가 진짜 해냈어! 해냈다고!"

드디어 나의 첫 번째 능력을 신보이기로 마음먹었던 날, 설레는 마음으로 엄마의 입 모양을 읽은 나는 생각지도 못한 말에 크게 당황하고 말았다.

"미안해…… 현오야."

분명 평소처럼 나를 보면서 환하게 웃고 있는 얼굴이었는데, 내가 읽은 입 모양의 뜻은 완전히 반대였다. 늘 영상으로 외웠던 표정과 기분의 뜻이 엄마의 입 밖으로 나온 말과는 전혀 맞지 않아서 혼란스럽기만 했다. 깜짝 선물로 엄마를 행복하게 해주고 싶었던 나의 기대는 한순간에 물거품이 되고 말았다. 그리고 표정에도 거짓말이 숨어 있다는 것을 그때 알게 됐다. 숨기고 싶었던 마음을 내가 읽은 것을 엄마가 알게 된다면 더 슬퍼할까 봐 차마 사실대로 말할 수는 없었다. 그래서 힘들게 만들어낸 나의 능력을 모두에게 숨기기로 했다.

엄마에게도…….

'내가 소리를 잃은 건 엄마 탓이 아니야. 미안해하지 마.'

엄마가 나 때문에 슬프지 않았으면 좋겠다. 밝게 웃는 그 표정이 진짜이기를 바란다. 매일 밤마다 마음으로 다짐하듯이 생각하고 또 생각했다. 내가 소리를 잃은 것에 대해 그 누구도 탓하지 말자고. 나는 장애를 가진 게 아니라 남들과 조금 다른 것뿐이라고 말이다.

사람들마다 얼굴이 다르게 생겨도 이상한 일이 아닌 것처럼, 여자와 남자가 다르고, 쌍둥이도 완벽히 같을 순 없듯이 우리 모두가 똑같을 수는 없으니까. 그러니 나도 그저 다른 것뿐이다. 아픈 게 아니라.

* * *

그렇게 기나긴 시간이 지나갔다. 평소처럼 병원 치료를 갔던 어느 날, 의사 선생님이 밝은 얼굴로 내게 말했다.

"현오야, 네가 말하는 방법을 지켜낸 건 정말 대단한 일이란다. 그 어려운 일을 해냈으니까 앞으로도 현오는 무엇이든 잘할 수 있을 거야."

나의 노력과 엄마의 노력이 더해진 큰 기적이라는 말도 함께.

그리고 이제부터 청각 보조기구를 사용하면 아주 희미하게 소리가 들릴 거라고도 했다. 무엇보다 가장 기뻤던 건 이 정도면 학교도 선택해서 갈 수 있을 거라는 말이었다. 또 한 번의 힘든 도전이 될 수도 있겠지만, 그럼에도 나는 굳은 결심을 했다. 학교에 가게 되면 특수학교가 아닌 일반 학교에 가겠다고.

엄마가 나에게 보여준 기적을 나도 엄마에게 보여주겠다고.

내 이름 '이현오'로 불러줘

"학교 다녀오겠습니다."

"현오야, 잠깐만. 이거 하고 가야지."

들리지 않아도 엄마는 항상 나에게 말을 먼저 해줬다. 단짝처럼 종이에 적힌 글도 함께였다. 답답할 때가 많았을 텐데도 끝까지 나를 포기하지 않았다. 의사 선생님이 말한 엄마의 수많은 노력 중 하나였다. 덕분에 나는 들리지 않아도 입으로 소리 내는 방법을 잊지 않았고, 여전히 말도 할 수 있다.

"보청기 하기 싫은데……."

엄마가 내민 보청기를 보자마자 자동으로 얼굴이 찌푸려졌다. 그

걸 귀에 꽂으면 작게 소리가 들릴 거라던 의사 선생님의 말이 무색하게 보청기를 착용해도 소리가 잘 들리지 않았다. 사람마다 효과가 다른 걸까? 아니면 내 귀에 다른 문제가 생긴 걸까?

잔뜩 기대했던 것에 비해 효과가 없어서 크게 실망했지만 나는 이 사실을 그 누구에게도 말하지 않았다. 혹시라도 누군가 알게 되면 일반 학교에 가는 게 전부 없던 일이 될까 봐 덜컥 겁이 나서였다. 그리고 나처럼 엄마까지 실망시킬 순 없었다. 시간이 지나서 의술과 기술이 발전하게 되면 언젠가는 내가 엄마의 목소리를 다시 들을 수 있는 날이 오게 될까? 한줄기 희망으로 잘 들리지도 않는 보청기를 끼고서 여러 번 시도를 해봐도 끝내 도움이 되진 못했다. 내가 정말 듣고 싶었던 사람들의 목소리가 아닌 이상하고 알 수 없는 잡음뿐이라, 이게 진짜 소리가 맞는 건지 헷갈리기만 했다. 오히려 신경이 쓰여서 머리가 울리거나 아플 때도 있어서 보청기를 하는 게 너 싫었다.

"이거 꼭 해야 해?"

"학교에 가려면 해야 하잖아."

엄마가 걱정스런 표정으로 말하며 글씨가 적힌 종이를 내밀었다. 그걸 보니 또다시 마음이 약해져서 할 수 없이 보청기를 손에 받았다. 엄마와 모두에게 비밀인데, 사실 학교에 가면 보청기가 아닌 입 모양을 읽어서 선생님과 아이들의 말을 알아듣고 있다. 입 모양을 읽지 않겠다던 내 결심이 학교에 간 지 단 며칠 만에 무너졌기 때문이다. 특히 교실에 있을 때 소리를 듣지 못해서 불편하고 어려운 상황이 자주 일어나다 보니, 그렇게라도 해야 학교생활이 가능했다.

"얼른 가자. 현오야, 학교 늦겠다."

엄마가 현관에서 먼저 신발을 신는 모습을 보고 내 얼굴은 급격히 어두워졌다.

"어제 말했잖아. 오늘부터 혼자서 학교에 가고 싶다고. 나도 다른 애들처럼……."

"그건 위험해. 현오야."

고개를 젓는 엄마를 보고 더는 말하지 못했다. 그래도 마음이 속상한 건 어쩔 수 없다. 입학식이나 공개수업처럼 특별한 행사가 있는 날을 빼고는 모든 학생이 혼자서 등교하는데, 나만 아직도 엄마와 같이 학교에 오는 것이 창피했다. 남들과 다른 모습이 장애인이라고 티를 내는 것처럼 느껴져서 더 싫었다. 그러지 않기 위해 일반 학교에 오기로 결정한 거니까 이대로 계속 바뀌지 않는다면 오랜 내 노력이 아무런 의미가 없는 것 같았다. 오늘만큼은 엄마를 잘 설득해서 혼자 학교에 가보려고 했지만, 역시나 시작도 하기 전에 실패하고 말았다.

'나는 언제쯤 혼자 학교에 갈 수 있을까?'

속상한 내 마음을 아는지 모르는지, 엄마는 익숙하게 차 키를 챙겨서 현관문을 나섰다. 지하 주차장으로 내려오자 보청기에서 웅웅대는 소리가 울려서 기분이 썩 좋지 않았다. 길게 한숨을 쉬며 조수석에 털썩 앉았다. 한껏 시무룩해진 내 모습을 본 엄마는 출발하기 전에 나를 꼭 안아주었다. 따뜻한 품에 안기자 차갑게 올라왔던 속상한 마음이

서서히 녹아내렸다.

"우리 현오는 오늘도 잘할 수 있어."

그 목소리가 들리진 않지만, 지금은 온기가 전해지는 엄마의 품만으로도 충분히 느낄 수 있었다. 나를 응원해 주는 말이라는 걸.

＊　＊　＊

학교 정문에 도착해서 1층까지 엄마와 함께 걸어가니 학생들과 선생님들이 우리를 힐끔힐끔 쳐다봤다. 혼자서 학교에 오지 못하는 고학년은 나밖에 없기 때문이다. 매일 등교할 때마다 쏟아지는 이런 따가운 눈빛이 불편했다. 3층에 올라가 교실 문 앞에 가까워질 때쯤, 나는 잡고 있던 엄마의 손을 슬그머니 내려놓았다.

"갔다 올게."

여전히 걱정스럽게 나를 바라보던 엄마는 잘 다녀오라는 듯 천천히 고개를 끄덕였다.

"바로 교실 들어갈 거니까 엄마도 빨리 가."

누가 보는 게 싫어서 얼른 가라며 엄마의 등을 떠밀었다. 복도를 지나 계단을 내려가는 엄마의 뒷모습을 바라보다가 완전히 보이지 않는 걸 확인하자 다시 습관처럼 한숨이 새어 나왔다.

"휴, 오늘은 괜찮을까?"

사실 학교에서 엄마에게 절대로 보이고 싶지 않은 모습이 있다.

"교실에 들어가면 또 그러겠지. 들어가기 싫다."

긴장이 되어 숨을 크게 들이쉬었다. 잠시 머뭇거리다가 겨우 뒷문을 열고 교실로 들어갔다. 순간 반에 있던 아이들 모두가 나를 쳐다봤다. 슬프게도 그건 절대 반가운 표정이 아니었다. 내 마음은 당당히 걸어가서 바로 자리에 앉고 싶은데, 매서운 눈빛들이 너무 신경이 쓰여서 두 발이 자유롭게 움직이지 않았다.

'어? 어!'

바짝 긴장해서 어색한 발걸음을 옮기던 그때, 나는 크게 당황하고 말았다. 반도 가지 못한 채, 내가 제자리걸음을 하고 있는 게 아닌가! 그것도 내 의지와 전혀 상관없이 말이다.

'왜 안 걸어지는 거야? 내 몸이 왜 이러지?'

하마터면 뒤로 꽈당 넘어질 뻔했다. 뭔가 이상한 느낌이 들어서 뒤를 돌아보니 짓궂은 표정을 짓고 있는 아이들이 보였다. 움직이지 못하고 당황하는 나를 모두가 비웃고 있었다. 그리고 맨 앞에는 우리 반에서 나를 제일 괴롭히는 희준이가 서 있었다. 내가 앞으로 걸어가는 것을 막으려고 책가방을 두 손으로 꽉 붙잡고 있던 거였다.

"이것 봐. 뒤에서 잡아도 모른다고 했지? 보청기 껴도 아무 소용없다니까."

"진짜네. 정말 하나도 안 들리나 봐. 완전 가까이서 말했는데."

"보청기 껴도 안 들리는 거면 우리 학교에 어떻게 오는 거야?"

"그러게. 여긴 장애인들이 오는 학교가 아니잖아?"

"아이 씨. 확인하고 나니까 더 짜증 나네. 내가 장애인이랑 같은 반이라니."

"야. 그래도 혹시 모르니까 말조심해."

"뭘 조심해? 방금 못 봤어? 우리가 무슨 말을 해도 쟤는 못 알아듣는다고. 아무것도."

아까는 내 뒤에서 말했으니까 모를 수밖에 없었다. 내 앞에서 똑바로 보고 말했다면 애들의 입 모양을 보고 바로 알아차렸을 거다. 나를 괴롭히려는 나쁜 계획을 하고 있었다는 것을.

"왜 일반 학교에 장애인이 오는 거야? 재수 없게!"

희준이 옆에 서 있던 예서가 팔짱을 끼더니 나를 사납게 노려봤다.

"진짜 기분 나빠. 나 쟤랑 같은 반 하기 싫어. 다른 반 애들이 자꾸 놀린단 말이야. 장애인 반이라고. 우리가 왜 쟤 하나 때문에 그런 말을 들어야 해?"

귀로 들을 순 없어도 희준이와 예서의 입 모양을 보면서 지금 나에게 얼마나 아픈 말을 하고 있는지 다 알 수 있었다. 그건 알고 싶지 않아도 어쩔 수 없이 알게 되는 사람들의 속마음과 같았다. 내가 듣지 못한다고 생각해서 속에 있는 말을 아무렇게나 뱉는 거니까.

"너 같은 장애인이 다니는 특수학교나 가버려!"

크게 소리를 지르며 예서가 손에 들고 있던 지우개를 집어 던졌다. 그러자 주위에 있던 다른 아이들도 필통에서 지우개를 꺼내더니 나를 향해서 마구 집어 던지기 시작했다.

"맞아. 거기로 가! 짜증 나게 여기 오지 말고!"

"같은 반인 거 자체가 재수 없으니까 꺼져."

"우리 교실에서 나가! 아니다. 아예 학교에 오지 마!"

날아오는 지우개에 맞아서 아픈 것보다 애들이 하는 심한 말을 읽는 게 더 고통스러웠다.

"너희, 말이 너무 심한 거 아니야? 그러다 선생님께서 들으시면 어쩌려고 그래? 현오 귀에 보청기 끼고 있는 거 안 보여? 혹시라도 너희 말 작게라도 들릴 수 있으니까 그만해."

계속해서 심한 말을 퍼붓는 아이들을 보면서 반장인 우현이가 나섰다. 유일하게 귀머거리가 아닌 내 이름으로 불러줬다. 하지만 나머지는 나를 걱정해 주는 말이 아니었다.

"우현이 너도 봤잖아. 보청기 있어도 못 듣는다니까? 그거 확인하려고 테스트해 본 거라고."

희준이가 콧방귀를 뀌며 비웃자 잠시 잠잠해졌던 아이들이 다시 아픈 말을 툭툭 던져댔다.

"그럼 저거 다 뻥 치는 거야? 우리 학교에 오려고?"

"뻥이든 아니든 장애인인 건 바뀌지 않잖아. 하, 꼴도 보기 싫어."

"생각할수록 열 받네. 우리 학교에서 당장 꺼지라고 해!"

"그전부터 좀 이상하다고 생각했어. 보청기 껴서 소리가 조금이라도 들린다면 우리가 놀리는 말을 다 듣고도 저렇게 가만히 있겠어?"

내가 이래서 입 모양을 읽지 않으려고 한 거다. 사람들의 속마음을 들여다본다는 건 나의 마음까지 새까맣게 만드는 일이니까. 저학년 때도 종종 놀리는 아이들이 있었는데, 고학년이 되고 나니 아이들이 말로 주는 상처의 세기는 점점 더 심해졌다. 유명한 연예인이 받는다는 악플을 나는 눈으로 직접 체험하는 것 같다. 아이들의 입 모양이 만들어내는 악플에 나의 마음부터 머릿속까지 검정 물감처럼 컴컴하게 변해갔다.

"그만……."

겨우 입을 열어서 작은 목소리를 꺼냈다. 그런 나를 아무도 쳐다봐 주지 않았다.

"학교도 혼자 못 오는 애를 왜 일반 학교로 보낸 거야? 쟤 부모는 대체 무슨 생각이야?"

"쟤 아빠 없다는 것 같던데?"

"귀머거리에 아빠까지 없다니 너 불쌍하게 됐네."

"불쌍하긴. 그래도 맨날 같이 오는 엄마 있잖아. 마마보이라서."

"ㅋㅋㅋ 마마보이래. 완전 싫어."

"으. 나 같으면 쪽팔려서라도 못 오겠다."

"그럼 이제부터 마마보이 귀머거리라고 부르자."

희준이는 기분 나쁘게 비아냥대는 것도 모자라서 '마마보이'라는 글자를 대문짝만 하게 종이에 적어서 내 눈앞에 들이밀었다. 그걸 보자마자 눈물이 핑 돌았다. 당장이라도 그 자리를 벗어나고 싶었지만 돌처럼 딱딱하게 굳어버린 몸이 제대로 말을 듣지 않았다.

"왜 이렇게 바보같이 가만히 있어? 이 정도면 화가 나서 뭐라고 해야지. 아무 말도 못 하네?"

"우리 엄마가 그러던데 원래 귀가 안 들리면 말도 못 한대. 우리 반에 청각장애인 있다고 말했더니 그런 애가 어떻게 학교에 다니냐고 그랬어."

"그래도 쟤는 말 하지 않아?"

"뭐라는 거야? 나는 못 들어봤는데?"

"누구 귀머거리 목소리 들어본 사람?"

희준이가 반 아이들을 둘러보며 묻자 아무도 대답하지 않았다. 그동안 아이들의 이런 괴롭힘에 지쳐서 학교에서는 별로 말을 하지 않았고, 딱히 대화를 나눌 만한 친구도 없었다. 그래도 선생님이 물어볼 때는 대답을 했으니 아예 말을 하지 않는 건 아니었다. 분명히 몇 번은 들었을 텐데도 희준이의 못된 질문에 내 목소리를 들은 적이 있다고 말해 주는 아이는 없었다. 단 한 명도. 사실과 상관없이 그저 나를 놀리고 괴롭힐 수 있는 핑계를 만들고 싶기 때문이다.

"그럼 그것도 저 바보한테 테스트 해볼까?"

예서가 테스트를 해보자고 하니 희준이가 필통에서 자를 꺼내 와서 내 어깨를 툭툭 밀어댔다.

"야! 머저리, 말할 수 있으면 해봐! 바보라서 못 하지?"

"말해봐! 야! 귀머거리! 말해보라니까!"

아이들이 부르는 내 이름은 '야', '귀머거리', '쟤' 아니면 '머저

리', '바보'였다. 아무도 진짜 내 이름인 '이현오'라고 부르지 않았다. 나도 다른 애들처럼 내 이름 세 글자로 불리고 싶은데…….

"귀머거리! 말해보라고! 왜? 말도 못 해? 귀머거리에 벙어리야?"

지우개를 던질 때처럼 한 명의 괴롭힘이 시작되자 다른 아이들도 자를 꺼내 와서 내 몸 여기저기를 찔러댔고, 그러다 점점 강도가 심해져서 피부에 크고 작은 상처들이 생겨났다. 하지만 그보다 더 큰 상처는 마음속에서 자라고 있었다. 차오른 눈물이 금방이라도 바닥으로 떨어질 것 같던 그때, 내 귀의 보청기를 가리키며 민기가 말했다.

"알고 보면 저것도 진짜 보청기가 아닌 거 아냐?"

"보청기가 비싸서 진짜를 못 사고 가짜를 했나 보네. 그러니까 귀에 해도 아예 안 들리지."

"와, 불쌍하네. 귀머거리가 보청기 살 돈도 없고. 그럼 거지야?"

이제는 없는 말까지 함부로 지어냈다.

"그러게. 말도 못 하는 걸 보면 혹시 사람도 아닌 거 아니야? 딱딱한 로봇처럼."

"로봇? 저거 재밌어 보이는데 우리 저거 빼볼까? 가짜면 장난감일 수도 있잖아?"

"그래. 사람인지 아닌지도 제대로 확인해 보자. ㅋㅋㅋ"

여러 명이 한꺼번에 달려들어서 내 귀에 있는 보청기를 억지로 빼내려고 하자 윙 하는 소리가 울리면서 머리가 깨질 듯이 아파왔다. 더 이상 참을 수 없었던 나는 두 손으로 귀를 틀어막고 있는 힘껏 소리쳤다.

"그만해! 제발 그만 좀 하란 말이야!"

예상치 못한 내 반응에 깜짝 놀랐는지 아이들은 나를 붙잡고 있던 손을 일제히 내려놓았고, 이미 다리에 힘이 풀린 나는 그대로 바닥에 털썩 주저앉고 말았다.

"뭐야! 말할 줄 알잖아!"

"쳇. 말도 못 해야 놀리기 딱 좋은데."

"저렇게 소리 지르는 거 보니까 화나서 선생님한테 다 이르기라도 하면 어떡해?"

"아, 몰라. 짜증 나. 재밌을 뻔했는데."

그때, 앞문이 열렸고 선생님이 교실로 들어왔다.

"수업 종 쳤는데 자리에 앉지 않고 거기서 다들 뭐하고 있니?"

그제야 괴롭히던 아이들이 언제 그랬냐는 듯 뿔뿔이 흩어졌다. 나는 후들거리는 다리로 겨우 일어나서 얼굴에 흐르고 있는 눈물을 감추듯 닦아냈다. 선생님은 눈치채지 못한 것 같았다.

매일 학교에서 이런 힘든 일을 겪고 있다는 걸 아무에게도 말할 수 없었다. 특히 엄마에게는 비밀로 해야만 했다.

따돌림과 괴롭힘을 당하는 것보다 더 슬픈 건, 힘든 순간에도 나를 도와주는 사람이 단 한 명도 없다는 거다. 지금이라도 곧장 집으로 달려가고 싶은 마음이 간절하지만, 그럴 수도 없다. 이 사실을 알게 되면 나보다 엄마가 더 마음이 아플 테니……

학교에 다니기 전, 이렇게 될 거라는 걸 미리 알기라도 한 듯이 엄마가 나에게 해준 말이 있었다.

"현오야, 학교를 다니다가 혹시라도 힘든 일이 생기면 언제든지 엄마에게 말해도 돼. 엄마는 네가 도전한 것만으로도 충분히 기쁘고 대견해. 그러니까 힘든 거 억지로 참지 말고, 혼자서 애쓰지도 말고, 지쳐서 그만하고 싶을 땐, 언제든 그렇게 해도 괜찮아."

엄마의 말처럼 다 그만두고 집에 가고 싶을 때도 많았다. 하지만 그럴 때마다 내가 했던 다짐을 떠올리며 여태껏 견뎌왔다. 일반 학교에 온 건 나의 선택이니 쉽게 포기하고 싶지도 않았다. 힘들어서 도망치기 시작하면 앞으로 더 많은 걸 포기해야 될지도 모른다는 생각에 꾹 참았었다. 그런데 지금은…….

'휴, 답답해. 밖으로 나가고 싶어.'

지쳐서 힘든 내 마음도 모른 채, 수업이 시작됐다. 하필 1교시는 제일 싫어하는 음악 시간이었다. 이론 수업까지는 칠판에 적힌 글씨나 선생님의 입 모양을 보고 어느 정도 따라갈 수 있었지만, 음을 들을 수 없는 내가 노래를 따라 부르는 건 아무리 노력한다 해도 할 수 없는 일이었다. 다른 아이들은 노래를 귀로 듣고 익혀서 바로 따라 부르는데, 나만 혼자 붕어처럼 입만 벙긋거리며 어쩔 수 없이 립싱크를 해야만 했다. 그게 내가 할 수 있는 최선이었다.

'빨리 끝났으면 좋겠다.'

무심코 고개를 돌리다가 하필 내 옆에 온 선생님과 눈이 딱 마주쳤다. 립싱크를 들켰다는 생각에 몹시 당황해서 순식간에 얼굴이 달아올랐다. 그런 나와 달리 이상하게도 선생님은 아무렇지 않게 나를 지나쳐갔다. 방금은 바로 옆에 있어서 내가 입만 움직이고 소리를 전혀 내지 않는다는 사실을 분명히 눈치 챘을 텐데, 아무 일도 없었다는 듯 평소처럼 수업이 그대로 이어졌다. 너무도 태연한 선생님의 반응을 보면서 문득 그런 생각이 들었다. 음악 시간마다 내가 립싱크를 한다는 사실을 선생님은 이미 오래전부터 알고 있었을지도 모른다는…….

'그랬다면 한 번쯤은 물어보셨을 텐데…….'

나에게 아무것도 묻지 않는 선생님의 모습이 의아했다.

'내가 음악 시간에 어떻게 수업을 듣는지, 노래를 어떻게 이해하는지 왜 한 번쯤 물어봐 주지 않으실까?'

머릿속이 복잡해졌다. 그 와중에도 입만 벙긋거리고 있는 내 모습이 바보같이 느껴져서 음악 시간이 빨리 끝나기만을 기다렸다. 그런데,

"다들 어느 정도 익힌 것 같으니까 오늘 배운 노래를 리코더로 다 같이 연주해 볼까?"

선생님의 입 모양을 읽고 크게 당황해서 이마에 식은땀이 송골송골 맺혔다.

'리코더 연주는 노래처럼 립싱크를 할 수도 없는데 어떡하지?'

리코더에서 무슨 소리가 나는지도 모르는 내가 연주를 한다는 건 말이 되지 않았다. 이렇게 난처한 상황이 생길 때면 나 혼자서 외로운 싸움을 하고 있는 것 같다. 떨리는 손가락으로 리코더의 구멍을 어색

하게 막아봤지만 끝내 입으로 불 순 없었다. 괜히 불었다가 혹시라도 리코더에서 이상한 소리가 날까 봐 겁이 났다. 그렇게 되면 그 소리를 듣고 아이들이 비웃고 놀릴 게 뻔했다. 최대한 눈에 띄지 않으려고 고개를 숙인 채 바닥만 바라봤다. 더이상은 놀림감이 되고 싶지 않다.

선생님은 이런 나를 알까? 세상의 모든 노래를 들을 수 없는 내 마음을…….

* * *

2교시는 내가 음악 시간 다음으로 싫어하는 체육이었다. 아침에 체육복을 입고서 집을 나설 때부터 이미 체육 시간에 대한 걱정이 한가득이었다. 수업 시작할 때 하는 준비 체조부터 나에게는 어려운 시험과도 같았다. 대형을 맞춰서 하는 체조인데 처음에는 어느 정도 맞다가도 이동하는 부분이 되면 나만 소리를 듣지 못하고 오른쪽이나 왼쪽으로 툭 튀어나와 있곤 했다.

이번에도 어김없이 혼자 벗어나자 앞줄에 서 있던 지효가 짜증이 난 얼굴로 뒤를 돌아봤다.

"야! 귀머거리! 제대로 못 해? 귀가 안 들려서 그런 거야? 아니면 머리가 나쁜 거야? 돌머리."

지효의 입 모양을 읽은 나는 몸과 마음이 한순간에 굳어버렸다. 내가 입 모양을 읽는지 몰라서 저렇게 독한 말을 아무렇지 않게 내뱉는 걸까? 상처가 되는 아픈 말은 읽고 싶지 않다. 내가 입 모양을 읽는다는 사실을 학교에서 비밀로 하게 된 또 다른 이유였다. 듣지 못한다고 생각하면 나쁜 말을 하지 않을 줄 알았다. 하지만 그건 내 착각이었다. 조금이라도 상처를 덜 받기 위해 그런 거였는데 오히려 애들은 내 약점을 공격했고 갈수록 괴롭힘은 더 심해지기만 했다.

"지효야. 말해봤자 소용없어. 귀머거리라 어차피 들리지도 않는데 뭘. 신경 꺼."

지효에게 받은 마음의 상처가 더 아파지도록 희준이가 사정없이 찔러댔다. 눈물이 날 것 같아서 얼른 고개를 숙였다. 음악 시간 때처럼 바닥만 바라봐야 하는 내가 싫었다.

'도대체 나한테 다들 왜 이러는 걸까? 내가 뭘 잘못했다고 이렇게 함부로 대하는 거지?'

아무리 생각해 봐도 잘 모르겠다. 장애가 있다는 게 왜 괴롭힘의 이유가 되어야 하는 걸까? 모두가 약속이라도 한 것처럼 똑같이 나쁜 행동을 서슴없이 했다. 분명히 잘못된 행동이라는 것을 알고 있을 텐데도 한 명을 콕 집어 따돌리고 괴롭히는 것을 누군가는 즐거워했고 누군가는 못 본 척을 했다. 또 누군가는 장난인 척 웃어넘기기도 했다. 아무렇지도 않게.

"오늘은 피구를 할 거예요."

수업 설명을 마친 선생님이 나에게로 다가와서 쪽지를 건넸다.

현오야, 피구 하기 힘들면 앞에 있는 의자에 앉아 있을래?

쪽지에 적힌 글을 읽고 어떻게 하는 게 나을지 잠시 고민이 됐다. 지난번에 피구 수업을 했을 때도 아이들이 던지는 공을 있는 대로 다 맞아야만 했다. 들리지 않아도 온몸으로 느껴졌다. 모두의 타깃이 나로 정해져 있다는 걸.

"저……"

내가 잠시 머뭇거리고 있을 때, 지효가 선생님 뒤에서 말하는 입 모양이 보였다.

"바보. 등신. 피구도 못하는 게 무슨 학교를 다닌다고."

순간 울컥했다. 나는 바보가 아니다. 당연히 등신도 아니다. 귀가 들리지 않는다고 바보인 건 아닌데 무시하는 지효를 보니 나도 모르게 화가 나서 원래 생각한 대답과 반대로 말해버렸다.

"저 할게요. 선생님."

조금 놀란 표정으로 나를 바라보던 선생님이 다시 쪽지를 건넸다.

현오야, 정말 할 수 있겠니?

고개를 끄덕이면서도 속으로는 걱정이 됐다. 화가 나서 하겠다고 말하긴 했지만 솔직히 자신은 없었다. 어떤 상황이 벌어질지 이미 다 알고 있기 때문에…….

"얘들아! 귀머거리만 집중 공략해!"

"오케이! 한 방에 보내버려."

"겁도 없이 우리랑 또 피구를 하려고 해?"

"지난 시간에 그렇게 당했는데도 아직 정신 못 차렸나 보네?"

"오늘 한 번 더 정신이 번쩍 나게 해주지 뭐. 완전히 날려버리자."

"귀머거리 눈물 펑펑 쏟게 만들어주지. ㅋㅋ 이야. 재밌겠는데."

선생님이 잠시 자리를 비우자마자 단단한 피구공이 나를 향해서 쏜살같이 날아왔다. 다행히 뒤가 아닌 앞으로 날아오는 공이라서 내가 옆으로 잽싸게 피하자 아이들의 얼굴에 심술이 더 가득해졌다. 그렇지 않아도 나를 못 잡아먹어서 안달이었던 아이들의 눈빛도 더욱 사나워졌다.

"뭐야! 귀도 안 들리는 주제에 내 공을 피해? 와, 자존심 상해."

"진짜 어이없네. 기분 나쁘니까 더 세게 던지자. 겁나서 다시는 못 하게!"

"귀머거리, 너 오늘 단단히 잘못 걸렸어!"

"가만 안 둬! 야! 집중 공격해!"

나와 같은 팀이 된 아이들도 내 편을 들어주기는커녕 오히려 화를 냈다.

"왜 재수 없게 귀머리거리와 같은 팀이 된 거야."

"진짜 싫어. 오늘 쟤 때문에 우리 팀 다 졌다. 다 졌어."

"벌써부터 하기가 싫네. 쟤랑 같이 하면 질 거 뻔한데 뭐하러 해?"

"아이 씨. 왜 하필 재수 없는 애와 팀이 돼서. 완전 짜증 나!"

"그냥 접자. 접어. 지는 것보다 아예 안하는 게 낫지."

"그래. 어차피 웃음거리만 될 거야. 때려쳐!"

"맞아. 귀머거리와 같은 편 해서 지면 더 쪽팔린다고."

세차게 날아오는 공보다 무기처럼 던지는 날카로운 말들이 더 두렵게 느껴졌다. 사각 틀 안에 억지로 밀어 넣고 모두가 나를 먹잇감으로 보는 것 같았다.

마치 사자 우리에 갇힌 것처럼.

2
햇살 같은 친구, 소희

"지금이야! 빨리 귀머거리한테 던져! 완전히 보낼 기회야!"

공이 나를 향해 빠르게 날아오는 모습이 보였다. 계속 피해 다니느라 지칠 대로 지친 나는 일부러 피하지 않고 두 눈을 질끈 감았다. 두려움 속에서 힘들게 피해 다니는 것보다 차라리 일찍 공을 맞고 여기를 벗어나는 게 나을 것 같아서였다. 그런데, 뭔가 이상했다. 분명히 공을 맞았어야 하는 순간이 한참 지났는데도 내 몸에 아무런 느낌이 없었다. 감고 있던 눈을 살짝 떠봤더니 눈앞에 누군가의 등이 보였다. 꼭 방패처럼 나를 든든히 막아주는.

"희준아. 너 그만 좀 해. 말이 너무 심한 거 아니야?"

"소희, 너 뭐냐? 완전 어이없네. 너 언제부터 저 귀머거리 편이었어? 우~~~"

희준이가 불만이 가득한 표정으로 엄지손가락을 아래로 하는 모습이 보였다. 나는 소희의 등 뒤에 있어서 소희의 입 모양을 읽을 수는 없지만 희준이의 입 모양을 보고 방금 소희가 내 편을 들어주었다는 것을 알게 되었다.

"이제 그만해! 여러 명이서 우르르 몰려다니면서 한 애만 계속 괴롭히는 거 너무하잖아."

"어쩔. 네가 뭔데 이래라저래라 하는 거야?"

"너희들이 현오 왕따시키는 모습 보기 싫어서 그래. 그러니까 그만하라고."

"직접 당하는 귀머거리도 바보같이 아무 말 못 하는데 네가 왜 나대는데?"

"나대는 게 아니라 너희가 잘못하고 있다는 걸 알려주는 거잖아. 그리고 귀머거리라는 말 좀 하지 마. 현오에게도 이름이 있잖아."

"이름 같은 소리 하고 있네. 내가 싫다면 어쩔 건데? 난 더 할 건데? 귀머거리! 귀머거리!"

"그 말 하지 말라고 했지? 계속 괴롭히면 선생님께 다 말씀드릴 거야. 이때까지 있었던 일 전부 다 학교에 알려지면 학폭위 열리는 거 다들 알고 있지? 진짜 그렇게 되고 싶어?"

소희가 무슨 말을 했는지, 얼굴이 빨갛게 달아오른 희준이가 씩씩거리면서 강당을 뛰쳐나갔다. 어떤 상황인지 정확히 모르던 그때, 소희가 뒤를 돌아 나를 보며 말했다.

"보청기를 끼면 크게 말하는 소리를 듣는 경우도 있다고 하더라. 혹시 몰라서 물어보는 거야. 현오야, 지금 내가 하는 말이 조금이라도 들려? 일부러 더 큰 소리로 또박또박 말하고 있어."

나는 소리가 아닌 소희의 입 모양을 읽었다. 하지만 사실대로 말할 수 없어서 대답 대신 천천히 고개를 끄덕였다. 그런 나를 잠시 바라보더니 소희가 먼저 손을 내밀었다.

"나랑 같이 가자. 내가 선생님께 대신 말해줄게. 현오 너 다쳐서 보건실 가야 한다고."

말을 끝낸 소희가 안타까운 눈빛으로 내 무릎을 바라봤다. 그제야 내 무릎에서 피가 흐르고 있다는 것을 알게 됐다. 아까 공을 피하다 넘어졌을 때 다친 모양이었다.

"……고마워."

처음으로 나를 도와준 단 한 명. 누구도 나서주지 않았던 일을 소희가 해줘서 정말 고마웠다. 작은 목소리로 진심을 전하는 나를 보며 소희가 빙그레 웃어 보였다. 그 미소를 보니 속상했던 마음이 조금씩 가라앉는 것 같았다.

소희는 얼마 전에 우리 학교에 온 전학생이었다. 나와 오래 함께했던 반 아이들은 아무도 내 편을 들어주지 않았는데, 서로 알게 된 시간이 길지 않은 전학생이 선뜻 나서서 내 편을 들어준 게 고마우면서도

한편으로는 기분이 이상했다.

"진짜 고마워. 소희야."

좀 더 큰 목소리로 진심을 전하자 소희는 햇살처럼 환하게 웃었다. 그 모습이 참 따뜻하게 느껴졌다. 늘 나에게 웃어주는 엄마의 미소처럼.

학교에 와서 처음으로 마주한 따스함이었다.

* * *

오전 수업이 끝나고 점심시간이 됐지만 별로 먹고 싶지 않았다. 거의 다 남기고 얼른 급식실을 나와 운동장 놀이터로 향했다. 제대로 먹은 것도 없는데, 꼭 체한 것처럼 속이 답답했다. 소희의 도움으로 오늘은 위기를 넘겨서 그나마 다행이었지만, 또다시 힘들어질 내일을 생각하면 여전히 걱정으로 가득했다. 놀이터 벤치에 앉자마자 길게 한숨이 나왔다.

"휴, 내일은 또 어떻게 해야 하지?"

혼자 고민에 빠져 있던 그때, 1학년쯤 돼 보이는 어린 동생들이 놀이터 한쪽에서 놀고 있는 모습이 눈에 들어왔다. 작은 개미를 관찰하며 신기해하던 아이들은 뭐가 그렇게 좋은지 서로의 얼굴을 보면서 까르르 웃어댔다. 즐거워 보이는 모습이 내심 부러워서 나도 같이 어울리고 싶다는 생각이 들었다.

"나도 저렇게 함께 웃을 수 있는 친구가 있으면 좋겠다."

그런 나의 마음을 알아차린 듯이 내가 앉아 있던 벤치 끝을 타고 개미 한 마리가 열심히 올라오고 있는 모습이 보였다. 작은 몸으로 오르는 게 힘들 텐데도, 생각보다 씩씩하게 움직였다.

"몸집이 작은데도 넌 나보다 용기가 있구나."

힘들어도 멈추지 않고 벤치 위까지 올라온 개미가 새삼 대단해 보였다. 가까이에서 보고 싶은 마음이 들어서 조심스럽게 다가가 그 개미의 모습을 자세히 본 순간, 나는 화들짝 놀라고 말았다.

"뭐, 뭐야! 개미가 아니고 거미였잖아!"

당연히 개미일 거라고 생각했는데 무서운 거미였다니! 전혀 상상도 못 했던 정체라 하마터면 놀라서 소리를 빽 지를 뻔했다.

"거미는 좀 무서운데……."

당황해서 슬금슬금 자리를 피하려고 할 때, 뒤에서 누군가가 내 어깨를 톡톡 쳤다. 여전히 놀라서 동그래진 눈으로 뒤를 돌아보니 소희가 서 있었다.

"현오야, 여기서 뭐 해?"

궁금하다는 듯 주위를 둘러보던 소희의 시선이 벤치 위에 있던 거미에게로 옮겨갔다.

"어? 이 거미 오늘도 왔네."

"오늘도? 이 거미를 알아?"

"응. 혹시 거미 보고 방금 그렇게 놀랐던 거야? 뒤에서 오다가 봤어."

아니라고 말하고 싶어도 지레 겁먹은 표정을 소희에게 다 들킨 것 같아서 사실대로 말했다.

"맞아. 거미는 무섭게 생겼잖아."

곧바로 대답하는 내 모습에 소희가 알 수 없는 표정으로 고개를 갸웃거리더니 나를 빤히 바라봤다.

"그럴 수도 있어. 하지만 네가 생각하는 것처럼 거미가 그렇게 무섭지는 않아."

"거미가 무섭지 않다고?"

입 모양을 읽고 놀라서 내가 빠르게 대답하자 왜 그런지 소희도 놀라는 표정을 지어 보였다.

"방금 한 말 진짜야? 겉으로 보기엔 정말 무서워 보이는데."

조금은 궁금해져서 다시 묻는 나를 보고 소희가 뭔가를 눈치 챘다는 듯이 밀했다.

"현오 너…… 지금 보니까 내가 하는 말을 다 알아듣는 것 같은데, 맞아? 체육 시간 때는 최대한 크게 말해서 보청기로 조금 들린 거라고 생각했는데, 방금은 내가 일부러 작은 목소리로 말했거든. 그래도 곧바로 다 대답했잖아. 혹시 소리가 들리는 거야? 그런데 왜 애들 앞에서는……."

"아, 그게……."

방금 소희가 나를 보고 놀라는 표정을 지은 이유였다. 비밀을 들켜서 당황스러웠지만 어려운 상황에서 나를 도와준 소희에게까지 내 능력을 숨기고 싶지는 않았다. 그리고 이제는 나에게도 힘든 마음을 털어놓을 수 있는 친구가 필요하다는 생각이 들었다.

"이건 비밀인데, 사실은 사람들의 입 모양을 보고 무슨 말을 하는지 읽는 거야. 보청기를 껴도 목소리가 잘 들리지 않기도 하고, 입 모양을 읽는 게 익숙해져서 그게 더 편하거든."

내 말을 들은 소희가 놀란 토끼 눈이 되더니 곧바로 내게 '엄지 척'을 해 보였다.

"와! 대박! 진짜 멋있는 능력이다! 그렇게 어려운 걸 어떻게 하는 거야?"

처음이었다. 나만의 능력을 칭찬받은 건. 학교에서 얻지 못했던 것을 소희로부터 한꺼번에 받은 느낌이었다. 그동안 애들이 하는 나쁜 말을 읽으며 많이 지쳐 있었는데, 오랜만에 좋은 말을 읽으니 새로웠다.

"어릴 때부터 자막이 나오는 영상을 보면서 많이 노력했거든. 사람들이 말하는 입 모양을 전부 외웠어. 거기에 맞는 문장이나 단어도 함께. 기분에 따라 달라지는 표정을 관찰하기도 하고."

"그걸 다 외웠다고? 와, 진짜 많이 노력했겠다. 힘들진 않았어?"

"……뭐?"

"그 모든 걸 다 해내려고 엄청 애썼을 거잖아. 현오 너 혼자서 많이 힘들었을 것 같아."

엄마가 아닌 누군가가 내게 힘들진 않은지 물어봐 준 것도 소희가 처음이었다. 순간 울컥해서 두 눈에 눈물이 가득 차올랐다.

"사실은…… 너무 힘들었어……."

눈물을 뚝뚝 흘리는 나를 보며 소희는 아무런 말 없이 등을 토닥토닥해 주었다. 힘들고 슬퍼도 눈물을 감추는 게 습관이 되다 보니, 이렇게 엉엉 소리 내서 울어본 적이 언제였는지도 모르겠다. 늘 참기만 하던 나에게 소희가 힘든 마음을 다 아는 것처럼 물어봐 주자 오래 숨겨 두었던 눈물이 한꺼번에 터져 나왔다. 그렇게 한참을 울고 나니 답답했던 마음이 조금은 편안해지는 것 같았다.

"이제 좀 괜찮아? 힘들 땐 말없이 참는 것보다 소리 내서 우는 게 더 나을 때도 있더라."

내가 생각한 것보다 소희는 어른스러웠다. 길었던 눈물이 멈추자 소희가 조심스레 물었다.

"그럼 다른 아이들은 그 사실을 모르는 거야? 선생님도? 왜 말하지 않았는지 물어봐도 돼?"

"그게…… 열심히 연습해서 처음으로 엄마의 입 모양을 읽었던 날…… 마음이 많이 아팠거든."

"마음이 아팠다고? 왜? 무슨 일 있었어?"

"내게 활짝 웃어 보이던 엄마가…… 표정과 다르게 입으로는 미안하다는 말을 하고 있었어. 긴 시간 동안 우리 엄마는 내 앞에서 항상 밝은 모습만 보여줬어. 내가 지치지 않게 용기를 줬고, 누구보다 든든한 내 편이었어. 엄마가 곁에서 힘이 되어준 덕분에 듣지 못해서 힘들 때도 포기하지 않을 수 있었던 거야. 그런데 그날…… 입 모양을 읽고 나서 마음이 복잡했어. 어쩌면 그동안 나보다 더 힘들었던 사람은 엄마였는지도 모른다는 생각이 들었고……. 그래서 말할 수가 없었어. 마치 숨기고 싶은 엄마의 속마음을 읽은 것만 같아서……. 내가 알게 됐다고 말하면 엄마가 더 슬퍼할 것 같았거든. 그렇게 비밀로 하게 된 거야."

웬일인지 늘 속에 담아두기만 했던 말들이 소희 앞에서는 술술 쏟아져 나왔다. 마치 이 순간을 기다려온 것처럼. 누군가에게 힘든 이야기를 털어놓는 게 처음이라 나 스스로도 놀라웠다. 내 사정을 다 들은 소희는 천천히 고개를 끄덕였다.

"그런 일이 있었구나……. 음…… 아마 나였어도 그랬을 것 같아. 나도 부모님이 나 때문에 슬픈 건 싫거든."

진심으로 공감해 주는 소희의 모습을 보니 오랫동안 깊숙이 넣어 두었던 내 이야기를 이제라도 꺼내놓길 잘했다는 생각이 들었다. 그래서인지 좀 더 용기가 나서 다른 이야기들도 하나둘씩 털어놓았다.

"그날 이후로 내 능력을 다신 쓰지 않겠다고 다짐했는데, 직접 학교에 와보니까 입 모양을 읽지 않고는 도저히 생활하기가 힘들었어. 다시 능력을 쓰게 되면서 뒤늦게 엄마에게 말하려고 하니 어디부터 말을 꺼내야 할지 모르겠더라. 설명을 하려면 보청기를 껴도 소리가 잘 들리지 않는다는 말부터 해야 하는데 그러면 엄마가 많이 걱정할 것 같았어. 일반 학교에 오기로 한 것도 다 취소될 것 같아서 너무 두려웠고……. 마지막 이유 때문에 선생님께도 말하지 못했던 거야."

"아……. 숨겨야만 했던 여러 이유가 있었네. 네 상황을 다 들으니까 이해가 돼. 그런데 보청기에 대한 이야기는 안 하더라도 입 모양을 읽을 수 있다는 걸 애들한테 미리 말했다면 조금은 낫지 않았을까? 그럼 지금보다 덜 괴롭혔을지도 모르잖아. 아예 안 그랬을 수도 있고."

"나는 오히려 반대로 생각했었어. 내가 입 모양을 읽는다는 사실을 애들이 알게 되면 더 나쁜 말을 하고 놀릴 거라고 생각했거든. 전부 알아들으니까 놀리는 게 더 쉬워질 것 같아서……. 막상 애들한테 괴롭힘을 당하고 나니 처음부터 말하지 않은 게 후회가 된 적도 있지만, 미리 말했다고 해도 별로 달라지진 않았을 거야. 어차피 애들에게는 내가 장애를 갖고 있는 자체가 놀림거리니까."

"하, 듣는 것만으로도 내가 다 속상하고 화가 나네. 다들 진짜 너무 힌다. 쟤에는 이쩔 수 없는 사정인데, 왜 다른 사람의 아픔을 쉽게 놀리는 거야?"

나를 대신해서 자기 일처럼 화를 내주는 소희의 모습을 보니 생각지 못한 위로를 받은 느낌이었다. 오랜 시간 힘들었던 나를 오롯이 이해해 주는 것 같아서 고마웠다.

"이런 이야기, 너한테 처음 꺼내보는 거야. 들어줘서 고마워. 소희야."

"고맙긴 뭘. 현오야, 혼자 참기만 하면 힘드니까 이제라도 조금씩 털어놔. 기운 내고."

"나도 그러고 싶은데, 생각보다 쉽지가 않아. 예전보다 용기도 많이 사라져서……. 학교에 오기 전까지는 내가 장애가 있는 게 아니라 남들과 조금 다른 거라고 여겼어. 들리지 않아도 긍정적으로 마음먹으면 뭐든 할 수 있을 거라고 말이야. 막상 학교에 오니 내가 꿈꾸던 세상과는 전혀 다른 곳이더라. 귀머거리라는 말을 들을 때마다 점차 자신감이 사라져 갔어."

한껏 시무룩해진 내 어깨를 툭 치며 힘내라는 듯이 소희가 활짝 웃어 보였다.

"이젠 자신감 잃지 마. 아무도 그런 말 못하게 내가 옆에서 도와줄게. 그리고 현오야, 못된 애들 때문에 기죽을 필요 없어. 너는 진짜 대단한 걸 해낸 거야."

"뭐? 내가 대단한 걸 해냈다고?"

"그래. 아무나 하기 힘든 걸 너 혼자서 해낸 거잖아. 엄청 멋있는 일을 해낸 거라고! 그러니까 자신감을 가져도 돼. 현오야."

그리고 소희가 손가락으로 아래쪽을 가리켰다. 그곳을 보자 아까 봤던 그 거미가 우리의 이야기를 함께 듣고 있는 것처럼 여전히 그 자리에 가만히 있었다.

"이 거미처럼 진짜 멋있는 것 같아."

"간 줄 알았는데 아직도 있었네. 그런데 이 거미가 멋있다고? 솔직히 거미는 멋있다기보다는 무섭지 않아? 소희 넌 거미가 하나도 안 무서워?"

내가 질문하기를 기다린 것처럼 소희가 어느새 초롱초롱해진 눈으로 말했다.

"혹시 너 그거 알아?"

"뭘?"

"거미는 해충을 없애줘. 무서운 모습과 달리 우리에게 도움이 되는 존재라는 거지."

"에이, 설마 그럴 리가."

"사람들이 잘 모르고 있지만 생각보다 거미는 우리에게 좋은 일을 많이 해주고 있어."

"정말이야? 나는 거미가 독도 있고 생긴 모습도 무서워서 당연히 해충이라고만 생각했는데."

"그건 겉모습만 보고 판단해서 그래. 오히려 해충을 없애주는 게 거미인데 사람들은 잘 모르거든. 이해하기 쉽게 예를 들어볼게. '늑대거미'라고 있는데, 이름만 들으면 엄청 무서울 것 같잖아. 실제로는 사람들에게 도움이 되는 거미야. 우리 할머니는 농사를 지으셔. 그런데 벼멸구라고 병을 옮기는 해충이 있어. 그게 있으면 벼가 잘 자라지 못하는데 늑대거미가 그 벼멸구를 다 잡아먹어 준대. 그래서 할머니에게는 벼를 잘 자라게 도와주는 고마운 거미야."

"와! 그런 거미도 있었어?"

"응. 그리고 화장품 만드는 데 도움이 되는 거미도 있어. 신기하지?"

"뭐? 거미로 화장품을 만든다고?"

깜짝 놀라는 내 반응이 재밌는지 소희가 까르르 소리 내 웃더니 신이 나서 말을 이어갔다.

"응. 무당거미라고 하는데 무당거미의 몸속에서 추출한 물질이 각질 제거 화장품에 쓰인대. 그 외에도 독거미가 아닌 이로운 거미들이 많아. 그래서 난 거미를 좋아해."

"우와! 진짜 신기하다. 전부 다 오늘 새롭게 듣는 이야기야. 소희넌 이런 걸 어떻게 알았어?"

"나는 혼자 있는 시간이 많았으니까. 그런 내 모습과 거미의 모습이 조금 닮아 보여서……."

방금까지 신나서 설명하던 소희가 갑자기 슬픈 표정을 지었다. 나를 바라보던 초롱초롱한 눈도 어쩐지 촉촉해진 것 같았다. 왜 그런지 이유를 물어보고 싶었지만, 섣불리 물었다가 좀 전의 나처럼 소희의 눈에서도 눈물이 왈칵 쏟아질까 봐 얼른 분위기를 바꿨다.

"네 말을 다 듣고 나니까 거미가 좀 다르게 보이는 것 같아. 나도 모르는 사이 거미에 대한 편견을 가지고 있었나 봐. 나 역시도 사람들의 편견 때문에 힘든 적이 많았는데, 거미도 나처럼 힘들 때가 있었을 것 같아. 이젠 그런 일이 없도록 많은 사람들이 알았으면 좋겠어. 무섭게 보이는 거미도 우리에게 도움이 되는 좋은 존재라는 걸."

"그래. 맞아. 무엇이든 편견을 가져선 안 되는 거야. 모든 생명에게는 살아가는 이유가 있는 거니까. 거미도, 그리고 현오 너도."

소희가 해준 마지막 말이 내 안으로 들어와 차가워졌던 마음을 따뜻하게 녹여주었다.

'모든 생명에게는 살아가는 이유가 있다니…… . 나에게도…… .'

어른스러운 소희의 모습이 멋있게 느껴졌다. 요즘 많이 지쳐 있던 나에게 힘이 되는 말을 해준 소희에게 진심으로 고마웠다.

"고마워, 소희야. 아까도, 지금도."

"고맙긴 뭘. 그리고…… ."

"그리고?"

왠지 하고 싶은 다른 말이 있는 듯 보였다. 하지만 말을 꺼내려다 말고 다시 고개를 저었다.

"아무것도 아니야. 암튼 너도 나쁜 애들 때문에 너무 속상해하지 마."

"응. 그럴게. 소희야."

＊　＊　＊

말은 참 신기하다. 어떨 땐 날카롭고 뾰족해서 깊은 상처를 만들기도 하지만 어떨 땐 소희의 말처럼 부드럽고 따스해서 아픈 상처를 가려주기도 하고, 낫게도 해주었다. 집에 돌아와서도 소희가 했던 좋은 말이 마음속에서 구름처럼 둥실둥실 떠다니는 것 같았다. 자려고 침대에 누워 있다가 문득 소희가 알려줬던 신기한 거미 이야기가 떠올랐다. 그래서 다시 불을 켜고 일어나 책상 앞에 앉았다. 컴퓨터로 거미에 대해 검색을 해보니 소희가 했던 말이 전부 맞았다.

"진짜 화장품을 만드는 거미가 있었네! 우와! 이 거미도 우리에게 도움이 되는 거미가 맞구나. 신기하다. 와, 이 거미도……."

그날 밤, 내 얼굴에는 밝은 웃음이 떠나지 않았다. 그렇게 신나는 표정을 지은 것도 무척 오랜만이었다. 열심히 거미에 대한 자료를 모으다 보니 시간이 어느새 훌쩍 지나갔다. 요즘은 너무 지쳐서 즐거운 일이 하나도 없었는데, 소희를 만나고 새로운 즐거움이 생겨난 것 같았다.

"오늘은 소희가 내게 많이 알려줬으니까 내일은 나도 소희에게 새롭게 알게 된 거미들에 대해 말해줘야지."

생각만 해도 기분이 좋았다. 그렇게 힘들던 학교에 빨리 가고 싶다는 생각이 들 만큼.

3
듣지 못하는 건 내 잘못이 아니잖아

　며칠 동안 수희와 부쩍 친해졌다. 서로 자료를 수집해 와서 정보도 나누고, 거미에 대해 도란도란 이야기도 나눴다. 학교를 마치면 놀이터나 공원에서 함께 거미를 찾아보기도 했다. 예전에는 엄마 없이 나 혼자 밖으로 나오는 게 어려웠다. 이제는 소희가 곁에 있어서 새로운 곳에 가는 것도 두렵지 않았다. 내게도 좋은 친구가 생겨서 더할 나위 없이 기뻤다. 하지만 학교 안에서는 아는 척을 할 수가 없었다. 나와 친하게 지내는 것 때문에 소희까지 애들한테 따돌림을 받을까 봐 교실에서는 일부러 말을 걸지 않았다.

　그렇게 어느덧 한 달이 지나갔다. 우리 사이는 더 친해졌지만, 여전히 학교에선 비밀 친구로 지냈다.

"소희야, 우리 내일도 학교 마치면 같이 놀자."

"……그래."

왜 그런지 소희의 표정이 좋지 않았다. 소희는 한 달 사이에 몇 번씩 조퇴도 하고 결석도 했다. 자주 학교에 오지 못하는 소희가 걱정이 되어 물어보면 그때마다 소희는 대답 대신 어색하게 화제를 돌리곤 했다. 오늘도 어디가 아픈 건지 내심 걱정스러웠지만 소희가 말하고 싶지 않을 것 같아서 다른 이야기를 꺼냈다.

"요즘은 소희 네가 있어서 힘이 나. 학교에서는 아는 척을 못 하지만, 이렇게 밖에서라도 같이 놀 수 있으니까 그것만으로도 좋아."

잠시 말이 없던 소희가 금방이라도 울 것 같은 표정을 지었다.

"소희야, 왜 그래? 괜찮아?"

걱정스러운 마음에 찬찬히 표정을 살피자 소희는 뜻밖의 말을 꺼냈다.

"……미안해. 현오야."

"어? 뭐가 미안해?"

"학교에서 너 모른 척하는 거……."

"괜찮아. 나 때문인데 뭘."

"그래도…… 섭섭하지 않아? 친구인데 학교에서 말도 못 하고."

"아니야. 그런 생각하지 마."

"나도 학교에서 당당히 너랑 친구로 지내고 싶은데……. 내가, 있잖아……."

소희가 울 것 같아서 나는 일부러 더 밝게 웃어 보였다.

"아이 참. 신경 쓰지 말라니까. 나 진짜 괜찮아."

"미안해. 사실 현오 너를 보면……."

왠지 소희가 말을 하는 게 힘들어 보여서 내가 먼저 말했다.

"소희야, 우린 친구잖아. 나에게 미안해하지 않아도 돼. 그러면 내가 더 미안해지니까."

"……."

"뒤에는 무슨 말 하려고 했던 거야? 나를 보면?"

"아, 아무것도 아니야. 늦었네. 얼른 집에 가자."

분명 하고 싶은 말이 있는 눈치였는데, 소희는 더 이상 말을 하지 않았다. 눈빛이 슬퍼 보여서 더는 물어볼 수가 없었다. 집에 돌아와서도 소희의 표정이 내내 미음에 걸렸디.

'소희를 기쁘게 해줄 일이 뭐가 있을까?'

생각해 보면 소희는 거미 이야기를 나눌 때 표정이 제일 밝았다. 활짝 웃는 모습도 그때만 볼 수 있었다.

"맞아! 소희는 거미를 좋아하니까 거미에 대한 자료를 찾아서 소희한테 줘야겠다. 그러면 기분이 좀 좋아질 거야."

나는 밤늦게까지 새로운 거미에 대해 찾아봤다. 소희가 다시 기뻐할 얼굴을 떠올리며.

　　　　　　　　　　* * *

　다음 날, 기다리던 아침이 됐다. 자료를 찾느라 늦은 새벽에 잠이 들었는데도 원래 일어나는 시간보다 훨씬 더 일찍 눈이 떠졌다. 일어나자마자 어제 찾아본 내용을 프린트해서 가방에 잘 챙겨 넣었다. 학교 갈 준비를 마치고 평소와 다르게 엄마를 재촉했다.

　"엄마, 빨리 학교 가자. 빨리!"

　"웬일이야? 오늘따라 먼저 서두르고."

　"그게…… 나 당번이야!"

　엄마에게 둘러댄 덕분에 평소보다 일찍 학교에 도착했다. 다행히 아직 아무도 등교를 하지 않아서 교실이 텅 비어 있었다. 조심스레 주위를 두리번거리다가 프린트물이 담긴 파일을 소희의 서랍 속에 깊이 넣어두었다. 종종 자료를 찾아 올 때면 오늘처럼 몰래 전하곤 했다. 소희에게 직접 파일을 건네면 다른 애들이 그 모습을 보고 놀리거나 괴롭힐 것 같아서였다. 내가 학교에서 일부러 소희에게 말을 걸지 않는 이유이기도 했다.

　"이걸 보고 나서 소희가 힘을 내면 좋겠다."

　시간이 지나서 아이들이 일제히 등교하기 시작했다. 그런데 1교시 수업이 시작될 시간이 다 되었는데도 소희의 모습은 보이지 않았다. 나는 초조한 얼굴로 교실 뒷문을 계속 바라봤다.

　'왜 아직도 안 오지? 설마 오늘도 아픈 건가?'

점점 불안해지던 그때, 선생님이 교실로 들어왔다.

"소희가 아파서 오늘 학교에 오지 못하게 됐어요."

선생님의 입 모양을 읽은 나는 심장이 쿵 하고 내려앉았다.

'아프다고? 어제 표정이 안 좋긴 했는데……. 혹시 나 때문에 아픈 건 아니겠지?'

왜 그런지 모르겠지만 소희가 아픈 이유가 괜스레 나 때문인 것만 같았다. 어제 소희가 내게 미안하다고 두 번이나 말했던 게 마음에 걸렸기 때문이다.

'어디가 아픈 걸까? 며칠 전에도 결석했었는데…….'

요즘 자주 학교에 오지 못하는 소희가 몹시 걱정이 됐다.

'많이 아픈 거면 어떡하지? 이럴 줄 알았으면 어제 내가 집까지 데려다줄 걸…….'

* * *

다음 날도, 그다음 날도 소희는 학교에 오지 않았다. 그렇게 일주일이 넘어가고 소희가 오지 못하는 날이 점점 더 길어지자 반 아이들이 수근대기 시작했다.

"혹시 소희 걔 다시 전학 간 거 아니야?"

"그러게. 잠깐 있다 갈 거면서 우리 반에서 왜 잘난 척했대?"

"그때 좀 재수 없긴 했어. 지가 뭔데 나서? 우리 반에 온 지 얼마 되지도 않았으면서."

"혼자 착한 척하고 싶었나 봐. 완전 어이없다."

"전학생이라고 이미지 관리 한 거 아니야?"

애들의 입 모양을 읽고 화가 나서 자리에서 벌떡 일어났다. 소희에게까지 나쁜 말을 해대는 걸 그냥 넘길 수는 없었다. 애들에게 가서 큰소리로 아니라고 말하려는데, 하필 수업 종이 울리는 바람에 어쩔 수 없이 자리에 도로 앉아야만 했다. 전학을 갔을지도 모른다는 말이 계속 신경이 쓰였다.

'소희야, 진짜 전학 간 건 아니지? 제발 아니어야 하는데…….'

머릿속에는 온통 소희 생각뿐이어서 수업이 어떻게 지나갔는지도 몰랐다.

"야! 귀머거리!"

쉬는 시간이 되자 짓궂은 표정의 희준이와 민기가 다가오더니 내 가방을 발로 세게 차며 시비를 걸었다. 소희가 아이들 앞에서 내 편을 들어준 이후로 한동안은 괴롭히는 게 잠잠했었다. 나를 대신해 소희가 선생님에게 말할까 봐 눈치를 보는 것 같았다. 그런데 일주일 넘게 소희가 오지 않자 기다렸다는 듯이 희준이와 민기가 내 몸 여기저기를 툭툭 치며 비아냥거렸다.

"한동안 우리가 안 괴롭혀서 심심했지?"

"ㅋㅋㅋ 오늘부터 다시 놀아줄게."

"민기 너 궁금하지 않냐? 귀머거리들은 가방 안에 뭐 들고 다니는

지."

"오! 궁금해. 우리와 다른 거 들고 다니는지 한번 보자."

"오케이. 재밌겠네."

방금까지 발로 차대던 내 가방을 희준이가 갑자기 높이 들어 보였다. 반 아이들의 시선이 한곳에 모이자 지퍼를 열어 가방을 거꾸로 뒤집더니 사정없이 털어댔다. 안에 있던 물건들이 한꺼번에 쏟아져서 바닥에 형편없이 나뒹굴었다.

"에이. 별거 없네. 재미도 없고 교실만 더러워졌어. 야! 귀머거리! 이거 얼른 주워 담아."

입 모양을 읽고 내가 몸을 부들부들 떨자 희준이가 더 얄미운 표정을 지었다.

"왜? 기분 나빠? 근데 어쩌지? 오늘은 귀머거리 도와줄 사람이 아무도 없네."

"그러게. 소희 없으니까 선생님한테 말해줄 사람도 없잖아. ㅋㅋㅋ"

"꼴 좋다, 귀머거리. 걔 진짜 전학 간 거 아니야? 이렇게 오래 학교에 안 오는 걸 보면."

"맞아. 오히려 전학 간 거면 좋겠다. 태클 걸 사람이 사라지니까 속이 다 시원하네. 아픈 거면 쭉 못 오게 계속 아프던지."

"ㅋㅋㅋ 귀머거리 편들면서 나댈 때 알아봤어. 아프다니까 완전 쌤통이다."

나를 욕하는 말은 참을 수 있다. 하지만 소희까지 욕하는 말은 절대로 참을 수가 없었다.

"너희 둘! 소희에 대해서 함부로 말하지 마!"

화가 나서 있는 힘껏 소리치자 희준이와 민기가 깜짝 놀라서 눈이 두 배로 커졌다.

"뭐, 뭐지? 방금 들었어?"

"우, 우리가 한 말에 대답한 거 아니야? 서, 설마……. 소리가 조금 들리는 건가?"

"무슨 말 하는 거야? 귀머거리가 들릴 리가 없잖아."

"그, 그렇겠지? 우리가 괴롭히니까 어쩌다 찍어서 말한 걸 거야."

크게 당황해서 어쩔 줄 몰라 하던 둘은 선생님이 교실로 들어오자 황급히 자기 자리로 돌아갔다. 나는 괴롭히는 애들보다 학교에 오지 않은 소희가 더 신경이 쓰여서 머리가 지끈지끈 아파왔다.

'소희는 괜찮을까?'

다시 수업이 시작됐고 이번 시간은 미술이다. 듣지 못해도 혼자 할 수 있는 부분이 많아서 미술 시간을 좋아했다. 특히 귀가 들리든 들리지 않든, 모두에게 똑같이 빈 종이가 주어지는 것과 새로운 그림을 그리는 게 마음에 들었다. 장애와 상관없이 모든 사람이 공평해지는 것 같은 기분이 들어서였다. 하지만 오늘은 머릿속이 소희 걱정으로 가득해서 평소처럼 즐겁게 그림을 그리기가 어려웠다.

"이제 책상을 돌려서 모둠수업을 해볼게요. 앉은 자리 그대로 네 명씩 책상을 붙여보세요."

'안 돼! 모둠수업이라니! 어떡하지? 내 뒤에는 희준이잖아!'

맙소사! 최악의 상황이 되고 말았다. 책상을 돌리면 희준이와 같은 모둠을 해야만 한다. 제발 그것만은 안 된다고 선생님에게 큰 소리로 외치고 싶었다. 하필이면 나를 제일 싫어하는 희준이와 마주 보고 수업을 할 생각을 하니 벌써부터 아찔했다. 잠시 주저하다가 마지못해서 책상을 뒤로 돌렸다. 내 책상을 희준이 책상 앞에 붙이려고 하자 성난 희준이가 내 책상을 발로 세게 차면서 멀리 밀어내고는 불같이 화를 냈다.

"어딜 내 앞에 붙이려고 하는 거야? 재수 없게. 당장 안 떨어져?"

평소 같았으면 주눅이 들었을 텐데, 소희가 내게 해줬던 이야기를 떠올리며 기죽지 않으려고 애써 마음을 다잡았다. 아까처럼 바로 대답했다가는 입 모양을 읽는다는 걸 눈치챌 것 같아서 대꾸는 하지 않았다. 그러자 희준이가 옆자리에 있는 민기에게 그럴 줄 알았다는 듯 말했다.

"저것 봐! 쟤 아무것도 못 알아듣는다니까. 좀 전에 대답한 건 그냥 우연의 일치야."

"그래도 혹시나 진짜 알아듣는 거면 어떡해? 그동안 우리가 괴롭힌 거 선생님께 전부 이르기라도 하면……."

"소심하기는. 그럴 리 없다니까."

"소희가 말한 것처럼 학폭위 열릴까 봐 솔직히 걱정되는데……. 그 말 들은 뒤로 좀 겁이 나서……."

괴롭힐 때는 마냥 신난 표정이었던 민기가 학폭위가 열리는 걸 겁내는 게 어이가 없었다.

'잘못한 건 아나 보네. 그러면서 대체 왜 나쁜 짓을 하는 거야?'

이해가 되질 않았다. 잘못을 알면서도 계속하는 게. 민기는 여전히 걱정스러운 듯 말했다.

"며칠 동안 학폭위 열리는 악몽까지 꿨다니까. 부모님까지 알게 되면 나 진짜 큰일 나. 우리 아빠 완전 무섭단 말이야. 학폭위 열려서 부모님이 학교로 호출되는 건 안 돼."

민기가 불안해하자 희준이가 한쪽 눈썹을 씰룩거리더니 나를 사납게 노려봤다.

"아이 씨. 그러지 못하게 저 녀석한테 단단히 겁주면 되잖아! 선생님한테 이를 생각도 못 하게."

희준이가 갑자기 빨간색 물감을 손에 들더니 내 스케치북에 마구 뿌려댔다. 하얀색 종이가 금세 새빨간 색으로 물들어버렸다. 그것도 모자라서 내가 입고 있던 하얀색 티셔츠에도 일부러 물감이 튀게 만들었다. 한순간에 내 스케치북과 옷은 엉망이 되고 말았다.

나의 표정까지도……

"어때? 귀머거리? 우리가 한 짓 선생님한테 말하면 이것보다 더 심한 꼴 당하게 될 거야!"

희준이의 괴롭힘이 시작되자 방금까지 걱정을 하던 민기도 언제 그랬냐는 듯 표정을 싹 바꾸고는 다른 색 물감으로 내 옷에 아무렇게 나 뿌려댔다.

"그래. 말하면 이것보다 더 괴롭힐 거니까 아무한테도 말하지 마. 알겠어?"

화가 나서 두 주먹이 꽉 쥐어졌다. 대답하지 않고 무시하려고 해봐도 도저히 이건 아니라는 생각이 들었다. 더 이상 참을 수가 없었던 나는 분노가 끝까지 차올라서 희준이와 민기를 노려봤다.

"너흰 이렇게 하니까 재밌어? 이제 좀 그만해!"

소리치는 내 모습에 깜짝 놀랐는지 희준이의 눈썹이 아까보다 더 높이 치켜 올라갔다.

"뭐라고?"

"나 괴롭히니까 재미있냐고?"

내가 반격할 거라고는 꿈에도 예상 못했던 희준이는 당황한 모습을 감추지 못했다. 옆에 있던 민기 역시 안절부절 불안해하는 모습이 눈에 훤히 보이는데도 끝까지 센 척을 하려고 했다.

"뭐, 뭐야! 이 귀머거리가 아직 혼이 덜 났네!"

"나 말고 민기 네가 혼나야지! 나쁜 짓을 한 건 바로 너잖아!"

곧바로 대답하는 나를 보고 소스라치게 놀란 민기는 뒷걸음질을 치다가 그만 쿵 하고 넘어지면서 바닥에 엉덩방아를 세게 찧었다.

"아야! 쟤, 쟤 뭐야……. 왜…… 우리가 하는 말에 다 대답하는 거야? 희준아! 너도 방금 들었어?"

놀란 건 희준이도 마찬가지인데, 오히려 바닥에 넘어진 민기에게 화를 냈다.

"지금 뭐 해? 바보같이 귀머거리한테 쫄은 거야? 바닥에서 당장 일어나! 쪽팔리게!"

잔뜩 열 받은 희준이의 얼굴이 붉으락푸르락 달아올랐다. 씩씩대면서 책상 위에 있던 다른 물감들을 손에 잡히는 대로 마구 움켜쥐더니 나에게 더 겁을 주려고 했다.

"귀머거리! 어디서 나대는 거야? 이거 또 뿌려버린다!"

"마음대로 해. 겁 안 나니까."

매우 흥분한 희준이는 심한 욕을 해댔고, 민기가 바닥에서 일어나 급하게 희준이를 말렸다.

"희준아, 그만해. 이러다 들키겠어."

수업 자료를 가지러 교무실에 갔던 선생님이 교실로 돌아오고 있었다. 복도 쪽 창문을 통해서 그 모습을 먼저 발견한 민기가 잽싸게 희준이를 말린 거였다.

"너 두고봐. 가만 안 둘 테니까."

여전히 씩씩거리던 희준이가 억지로 자리에 앉았고, 뒤이어 선생님이 교실로 들어왔다. 엉망이 된 내 옷과 스케치북을 보고 무척이나 놀란 선생님은 종이에 적지도 않은 채 바로 나를 보고 말했다.

"현오야, 선생님 없을 때 무슨 일 있었어? 왜 이렇게 된 거니?"

선생님이 나에게 걱정스럽게 물어보자 민기는 어쩔 줄을 몰라 했고, 희준이는 내가 이를까 봐 두려운지 말을 하지 말라는 손짓과 눈짓

을 계속해서 보냈다. 솔직히 사실대로 말하고 둘 다 선생님에게 혼쭐이 나기를 바랐지만 나까지 그 애들과 같은 사람이 되고 싶지는 않았다.

"아⋯⋯. 물감 케이스가 터졌어요. 쓰려고 열다가 갑자기 물감이 터지는 바람에 여기저기 다 튀어버려서 이렇게 됐어요."

내 대답을 들었는데도 여전히 미심쩍다는 듯 선생님이 한 번 더 내게 물었다.

"현오야, 그게 정말이니? 무슨 일이 있었던 건 아니야?"

"⋯⋯네."

"진짜 괜찮은 거야?"

선생님은 평소에 내게 아무것도 묻지 않았다. 그런데 지금은 달랐다. 나를 위해서 여러 번 물어봐 주고 있었다. 그 모습이 조금 낯설면서도 이상하게 싫지는 않았다. 계속해서 나를 걱정해 주는 선생님의 모습에 그동안 꾹 있던 시리움이 밀려와 금세 두 눈에 눈물이 치올랐다. 아무렇지 않은 척하려고 했지만 사실은 이런 관심이 필요했나 보다. 내가 많이 힘들 때 괜찮은지 물어봐 주는 누군가의 말 한마디와 따뜻한 위로가 정말 간절했던 거였다. 이대로 눈물이 흐르면 멈추지 않을 것 같아서 선생님과 애써 눈을 마주치지 않고 고개를 푹 숙인 채로 대답했다.

"네. 선생님. 진짜 아무 일도 아니에요."

내가 선생님을 바라보지 않자 선생님은 다시 종이에 글을 써서 나에게 건넸다.

알겠어. 현오야. 옷에 물감이 묻었으니까
화장실 가서 깨끗이 씻고 오렴.
그리고 많이 힘든 일이 있으면
언제든 선생님에게 말해도 돼.
선생님이 현오의 이야기를 다 들어줄게.

쪽지를 읽고 눈물이 떨어질 것 같아서 급하게 교실을 나왔다. 복도로 나와서 화장실로 힘없이 터덜터덜 걸어갔다. 세면대 앞에서 손을 씻으려는데 하얀 티셔츠가 여기저기 얼룩져 엉망이 된 내 모습이 거울을 통해 보였다. 그제야 꾹꾹 참고 또 참았던 울음이 터져 나왔다.

"괴롭힘을 당하는 건 내 잘못이 아니야. 그러니까 울지 마. 이현오…… 약해지지도 마. 귀가 들리지 않는 건…… 내 잘못이 아니야……."

그렇게 계속 슬픈 혼잣말을 했다. 이 모든 건 내 잘못이 아니라고. 더는 내가 무너지지 않게…….

* * *

쉬는 시간이 지나고 국어 수업이 시작됐다. 선생님이 칠판에 글씨

를 많이 적어주는 과목이라 그나마 다른 시간보다 편했다. 음악 시간
처럼 악기 연주를 하거나 노래 부르기 같은 과제도 없어서 미술 시간
다음으로 내가 기다리는 수업 중 하나였다. 그런데 오늘은 믿었던 국
어 수업마저 나를 배신하고 말았다.

"자, 이번 시간에는 받아쓰기를 할 거예요."

'받아쓰기라고?'

생각지도 못한 큰 난관에 부딪혀 버렸다. 너무 당황해서 잔뜩 얼어
붙어 있을 때, 뒤에서 희준이가 등을 쿡쿡 찔러댔다. 무시하려고 해도
갈수록 찌르는 강도가 세져서 어쩔 수 없이 뒤를 돌아보자 희준이가
기분 나쁘게 웃으며 나에게 쪽지를 내밀었다. 뭔가 불안한 느낌이 들
었다. 그래도 받지 않으면 더 괴롭힐 것 같아서 억지로 쪽지를 받았다.
떨리는 손으로 접힌 종이를 열어 거기에 적힌 내용을 읽는 순간, 내 얼
굴은 새하얗게 질려버렸다.

귀머거리가 받아쓰기라니 ㅋㅋㅋ

지나가던 개가 말을 하는 게 더 빠르겠다.

쪽지를 들고 있던 내 손이 아까보다 더 심하게 덜덜 떨리고 있었다.
귀머거리……. 시작부터 적혀 있는 귀머거리라는 단어가 내 머릿속으

로 들어와서 썩은 사과 속에 숨어든 벌레처럼 겨우 남아 있던 내 자신감을 사정없이 갉아먹었다. 귀머거리라는 말을 몇 번이나 입 모양으로 읽긴 했지만 종이에 선명히 적힌 네 글자를 보니 더는 버틸 수가 없었다. 화장실에서 다 울고 와서 멈춘 줄만 알았던 눈물이 또다시 왈칵 쏟아져 내렸고, 서러운 내 울음소리가 교실에 퍼져나갔다. 목 놓아 엉엉 우는 소리를 듣고 깜짝 놀란 선생님이 내 자리로 한걸음에 달려왔다.

"왜 그래? 현오야! 무슨 일……!"

이번에도 종이가 없이 바로 내게 물어보던 선생님은 순간 아차! 하는 표정을 지어 보였다. 그러고는 이내 측은한 눈빛으로 나를 바라봤다.

"아……. 선생님이 현오의 입장에서 미처 생각을 못 했구나. 현오가 많이 속상했겠다."

내가 울음을 터트린 건 선생님 때문이 아닌데도 선생님의 입 모양을 읽고 나니 더욱 눈물을 멈출 수가 없었다. 울음소리가 점점 커지자 선생님이 앞으로 나가서 반 아이들에게 말했다.

"음……. 오늘은 받아쓰기를 하지 말고 다른 수업을 하기로 해요. 귀가 들리지 않는 현오에게는 아무래도 받아쓰기가 어려울 것 같아요."

들을 수 없어도 아이들의 눈빛이 나에게 야유를 보내는 것 같아서 따갑게 느껴졌다. 선생님은 나를 배려하기 위해 꺼낸 말이었지만, 나는 오히려 그 말에 더 상처를 받았다. '귀가 들리지 않는 현오'. 나를 설명하는 말이 '귀가 들리지 않는'이라는 게 마음이 아팠다. 맞는 말이라고 해도 그 사실을 콕 집어서 반 아이들에게 말한 선생님에게 서운한 마음도 들었다. 조금 전까지는 '귀머거리'라는 말이 제일 큰 상처라고 생각했는데, 이제는 '귀가 들리지 않는 현오'라는 말이 세상에서 제일 싫은 말이 됐다. 나는 그냥 '이현오'일 뿐인데 왜 내 앞에는 저따위 수식어가 따라다녀야 하는지 원망스러웠다. 그런데 나는…… 대체 누구를 원망해야 하는 걸까? 내가 장애를 가지게 된 것은 그 누구의 탓도 아니라고, 아무도 탓하지 말자고 애써 다짐해 왔는데…… 왜 비난과 놀림은 고스란히 다 내 몫인 걸까? 정작 소리를 들을 수 없어서 가장 힘든 건 바로 나인데…….

'더는 여기 있고 싶지 않아. 이대로 있으면 숨이 막힐 것 같아.'

답답해서 진짜 숨도 제대로 쉬어지지 않는 것 같았다. 더 이상 참을 수가 없어서 수업 시간이 끝나자마자 교실을 뛰쳐나갔다. 그리고 앞서 복도에 걸어가고 있던 선생님을 급하게 불렀다.

"선생님! 선생님!"

다급한 내 목소리를 듣고 뒤를 돌아본 선생님은 눈물이 그렁그렁해진 나를 보고 한걸음에 달려왔다.

"무슨 일이니? 현오야. 괜찮니?"

"저…… 몸이 좋지 않아서 오늘 조퇴를 하고 싶어요."

선생님의 표정이 어두워졌다. 물끄러미 나를 바라보던 선생님은 손에 들고 있던 작은 케이스를 열었다. 평소에 글을 적어 보여주던 종이가 가득 들어 있는 것을 보고 나는 속으로 놀라고 말았다. 그리고 보니 선생님은 수업 시간마다 항상 그 케이스를 들고 다녔었다.

'설마 나 때문에…….'

순간 당황해서 어떤 표정을 지어야 할지 몰랐다. 선생님이 나를 위해 이런 사소한 것부터 노력하고 있었다는 사실을 전혀 생각하지 못했기 때문이다. 그사이 선생님은 종이에 글씨를 적어서 나에게 건넸다.

혹시 수업 시간 일 때문에 그러니?

현오 생각을 미리 못 했던 건 미안해.

선생님이 좀 더 세심하게 챙겼어야 했는데…….

내가 아직 좀 서툴구나. 미안하다. 현오야.

늦긴 했지만 받아쓰기는 선생님이 일부러 하지 않았어.

현오도 그런 선생님의 마음을 조금은 알아주면 좋겠다.

그리고 앞으로 국어 시간에 받아쓰기는 하지 않을 테니까

걱정하지 않아도 돼.

너무 긴 말이라서 현오가 다 알아듣기 힘들까 봐

선생님이 글씨로 적었어.

쪽지를 읽고 나서 선생님의 진심이 느껴졌다. 어쩌면 나도 선생님을 오해하고 있었을지도 모른다는 생각이 뒤늦게 들었다. 하지만 오

늘은 너무 힘들어서 학교에 남아 있을 수는 없을 것 같았다.

"귀가 윙윙거리고 아파서 머리까지 아픈 것 같아요. 받아쓰기 때문에 그런 게 아니라 아침부터 계속 그랬어요. 미술 시간에도 많이 아팠어요."

몸이 좋지 않은 것도 사실이었다. 신경을 써서 그런지 속도 울렁거렸다. 분명 다른 이유가 있었는데도, 왠지 모르게 다 말하고 싶진 않았다. 어깨가 축 처진 나를 보던 선생님이 내 이마에 손을 올렸다.

"그랬구나. 이마에 열도 조금 있는 것 같네. 아까 화장실 다녀와서 국어 수업 시작하기 전에 미리 말하지 그랬어. 아프다고……."

"참아보려고 했는데 너무 힘들어서요. 더이상은 못 참겠어요. 선생님."

"그래. 알겠어. 어머니께 전화를 드려야 될 것 같구나. 잠시만, 현오야."

선생님은 휴대폰을 꺼내서 엄마와 통화를 나눴다. 나는 엄마에게 텔레파시를 보내듯이 속으로 생각했다.

'엄마, 나 너무 힘들어. 여기서 나가고 싶어.'

그러기 전에도 엄마를 굳게 믿고 있었다. 내가 아프다는 말을 선생님에게 전해 들으면 조퇴를 허락해 줄 거라고 말이다.

"네. 어머니. 알겠습니다."

통화를 끊은 선생님이 내게 말했다.

"어머니께서 지금 바로 현오를 데리러 오신다는구나. 교실로 가서 가방 챙겨서 나오렴."

"네. 선생님."

다행이었다. 오늘 단 하루라도 빨리 집에 갈 수 있어서…….

교실로 들어가서 책가방에 소지품을 챙겼다. 느닷없는 내 모습을 보고 아이들이 뭐라고 말하는 듯 했지만 그 누구의 입 모양도 읽지 않았다. 지금 여기서 더 상처를 받는다면 교실에서 한 걸음도 발을 뗄 수 없을 것 같아서였다. 일부러 아이들의 눈을 마주치지 않은 채 서둘러 그 자리를 벗어났다. 책가방을 메고 힘겹게 복도로 나오니 여전히 선생님이 나를 기다리고 있었다.

"어머니께서 학교 정문으로 데리러 온다고 하셨어. 선생님이 정문까지 데려다줄게."

"……네."

"현오야, 선생님이 지금 한 말, 무슨 말인지 다 알아들었지?"

말없이 고개를 끄덕였다. 내 반응을 확인한 선생님이 먼저 손을 내밀었다. 나는 그 손을 잡고 싶지 않았다. 선생님이 싫어서가 아니라 나혼자서도 정문까지 걸어갈 수 있다고 당당히 말하고 싶었기 때문이다. 하지만 아직까지는 힘들다는 것을 알고 있어서 다른 선택이 없었다. 집에 가려면 별수 없이 따라가야 하니, 마지못해 선생님의 손을 잡았다.

긴 복도를 지나고 계단을 내려가서 1층에 있는 학교 문을 겨우 벗어났다. 운동장까지 걸어 나오니 그제야 턱 막혀 있던 숨이 조금은 트이는 듯했다. 나도 모르게 크게 숨을 들이키자 선생님이 가던 걸음을 멈추고, 몸을 낮춰서 내 얼굴을 정면으로 바라봤다.

"현오야."

"네?"

"여긴 우리 둘만 있으니까 선생님이 뭐 하나만 물어봐도 될까? 어쩌면 현오에게 힘든 이야기일 수도 있는데, 괜찮겠니?"

방금도 선생님은 종이에 적지 않고 바로 말했다. 갑작스러운 물음에 조금 당혹스러웠다. 잠시 망설이다가 선생님의 진지한 표정을 보고 천천히 고개를 끄덕였다.

"교실에서 물어보면 아이들이 있어서 혹시나 현오가 불편할까 봐 묻지 못했어. 만약에 선생님 생각이 틀렸다면 네가 상처를 받게 될 수도 있어서 이렇게 물어보는 게 조심스럽기도 했고."

그제야 선생님이 그동안 내게 먼저 물어보지 않았던 이유를 알게 됐다.

"현오는 선생님의 입 모양을 다 읽을 수 있는 거니? 입 모양으로 말을 알아듣는 것 같아서……."

선생님의 진짜 마음을 알게 된 나는 이제라도 사실대로 말해야 할 것 같았다.

"……네. 선생님."

조심스러운 내 대답에 선생님은 괜찮다는 듯 고개를 끄덕여 주었다.

"그렇구나. 현오는 보청기로 듣는 것보다 선생님의 입 모양을 읽는 게 더 편하니?"

"사실은…… 보청기를 해도 잘 들리지 않아요."

"아……. 선생님이 좀 더 일찍 알았더라면 현오가 학교생활을 할 때 도움이 되는 방법을 더 많이 찾아봤을 텐데……. 혼자서 불편했겠다."

"……."

"선생님이 그동안 현오와 대화할 때 유심히 살펴봤거든. 지금도 일부러 종이 없이 말했는데, 생각했던 대로 현오는 바로 다 알아듣는구나. 지난번에도 선생님이 현오의 반응을 살펴보느라 그렇게 말한 적도 있었어. 그때마다 보청기로 듣는 것 같진 않아서 조심스럽게 물어보는 거야."

"엄마는 아직 몰라요. 반 아이들도요."

"음……. 현오는 아무에게도 말하고 싶지 않은 거니?"

"네. 선생님. 제가 먼저 말하고 싶어질 때까지 비밀로 해주시면 안될까요?"

잠시 고민하던 선생님은 내 눈을 보며 다시 한 번 고개를 끄덕였다.

"무슨 뜻인지 잘 알겠어. 현오가 말을 하지 않는 이유가 분명히 있을 테니까 일단 선생님만 알고 있을게. 현오의 마음이 바뀌면 언제든지 나에게 말해줘. 혹시라도 도움이 필요한 일이 있으면 선생님이 현오를 도와줄게."

미술 시간에도 비슷한 말이 쪽지에 적혀 있었다. 힘든 일이 있으면 언제든 선생님에게 말해도 된다고……. 그때 선생님 손에 들린 케이

스가 눈에 들어왔다. 그걸 보니 뭔가 마음이 뭉클해졌다. 나에게 관심이 없다며 혼자 선생님을 오해하고 있었던 내 모습이 부끄러웠다. 그날, 엄마의 속마음을 처음 알았던 것처럼 선생님 역시 나를 위해 많이 노력하고 있었다는 걸 이제는 알 것 같았다. 오히려 내가 선생님에게 먼저 마음을 열지 않았던 건지도 모른다는 생각도 들었다.

"그럴게요. 선생님."

"다른 사람의 입 모양을 읽는다니 현오는 참 대단하네. 그 어려운 걸 해내고."

소희에 이어서 두 번째로 듣는 칭찬이었다. 선생님은 환하게 웃어 보이며 내 머리를 쓰다듬어 주었다. 그 미소를 보니 처음 내 편을 들어 줬던 소희가 떠올랐다.

'소희 말대로 혼자 참는 것보단 우는 게 나을 때도 있네.'

언젠가 내 비밀을 들키게 되면 큰일이 일어나는 줄 알았다. 내가 보청기를 껴도 잘 들리지 않는다는 사실이 밝혀지면 일반 학교에 다닐 수 없다는 슬픈 말을 듣게 될 줄 알았다. 누구에게도 말하지 않고 이 사실을 끝까지 숨겨야 한다고만 생각했다. 그래서 더 놀랄 수밖에 없었다. 늘 혼자만 생각해 왔던 사람들의 반응과는 사뭇 달랐던 선생님의 모습에.

"그건 아무나 할 수 없는 일이야. 현오야. 그러니 조금은 더 용기를 내도 괜찮아. 현오는 잘할 수 있을 거야. 선생님은 믿어."

진심이 담긴 따뜻한 말에 울컥해서 또다시 눈물이 나오려고 했다.

"저, 선생님……."

차마 하지 못했었던 이야기를 선생님에게 겨우 꺼내려던 찰나, 학교 정문에 익숙한 차가 멈춰 섰고, 곧이어 엄마가 차에서 내렸다.

"현오야!"

엄마가 손을 흔들며 내 이름을 불렀다. 말할 타이밍을 놓친 나는 속마음을 털어놓지 못한 채 다시 선생님의 손을 잡았다. 아까 잡았을 때와는 다른 느낌이었다. 선생님 손의 온기가 내게로 고스란히 전해졌다. 선생님은 내 손을 꼭 잡고 엄마가 있는 곳까지 데려다주었다.

"안녕하세요. 선생님."

"안녕하세요. 어머니. 갑자기 제가 전화를 드려서 많이 놀라셨죠?"

"네. 현오가……."

선생님과 엄마가 잠시 이야기를 나누는 사이 나는 선생님의 얼굴을 가만히 바라봤다. 선생님이 나에게 해준 말이 계속 떠올라서였다. 항상 입 모양을 읽기 위해서 바라보던 선생님의 얼굴이 오늘은 달라 보였다.

'조금 더 용기를 내도 괜찮다고…….'

마음은 그렇게 하고 싶은데, 희준이와 민기가 물감을 뿌려대던 모습이 머릿속에서 자꾸만 맴돌아서 선뜻 용기가 나질 않았다. 유일한 친구인 소희마저 학교에 오지 않아서인지, 심하게 꺾인 내 자신감은 쉽게 회복되지 않았다. 선생님에 대한 오해는 풀렸어도 여전히 마음속은 복잡했다.

'내가 어떻게 해야 맞는 걸까?'

이야기를 끝낸 엄마가 차에 올라탔다. 조수석에 앉아 있던 나를 보고 선생님이 성큼성큼 다가오더니 열려있던 창문을 통해 새끼손가락을 내밀었다.

"현오야, 내일은 아프지 말고 씩씩하게 만나자. 약속."

따뜻한 말을 해주는 선생님의 입 모양을 읽으니 코끝이 찡했다. 오랜만에 감동을 받으면서도 한편으로는 슬프기도 했다.

'내일이 온다 해도 달라지는 건 없을 거예요, 선생님.'

손가락을 걸면서도 내 마음은 서럽기만 했다. 하루가 지나고, 이틀이 지나고, 더 많은 시간이 지나도, 귀가 다시 들리는 건 아니니까 지금의 약속은 의미 없이 느껴졌다. 장애가 있다는 걸 의식하지 않기 위해서 그렇게나 노력해 왔는데, 갈수록 내 자존감은 사라져 갔다. 선생님의 말처럼 몸도, 마음도 건강하게 만날 수 있는 날이 과연 나에게도 오기는 하는 걸까?

나는 그저 귀만 먹먹하고 안 들리는 것뿐이었는데, 이제는 귀처럼 내 마음까지도 먹먹해져 오는 것 같았다.

'이러다가 내 마음까지 닫혀서 영영 안 들리게 되면 그때는 정말 어떻게 해야 하는 걸까?'

어둠에 갇힌 것처럼 세상의 소리에 이어 마음의 소리마저 완전히 사라지게 될까 봐 두려웠다.

*　*　*

차를 타고 집으로 돌아가는 동안 애들이 놀려대던 '귀머거리'라는 말이 내 안에서 떠나질 않았다. 집 앞에 도착했는데도 차에서 내리지 않고 멍하게 있는 나를 보며 엄마가 말했다.

"현오야, 집에 도착했어. 내려야지."

방금 한 말을 곧바로 글로 적어서 나에게 종이를 내밀었다. 그 모습을 보니 학교에서 겪었던 힘든 일들이 불쑥 생각나서 슬픔과 서러움이 복받쳐 올랐다.

"엄마……."

"왜? 현오야."

"나 같은 사람이 귀머거리야? 다들 나한테 귀머거리라고 하는데, 맞아?"

"뭐? 갑자기 그게 무슨 소리야? 대체 누가 너한테 그런 말을 해?"

큰 충격을 받은 엄마는 종이에 글씨를 쓰는 것도 잊은 채 금세 눈물을 글썽였다.

"아니야. 아무것도……."

말을 얼버무리자 엄마가 급하게 종이와 펜을 들었다. 그런 엄마의 손이 떨리고 있었다. 하고 싶은 말을 급히 종이에 적는 모습을 보니 참고 있던 화가 다시 올라와서 결국 폭발해 버렸다.

"종이에 적지 마! 적지 말라니까! 그만, 제발 그만해!"

갑작스럽게 흥분한 내 모습에 또다시 놀란 엄마는 손에 들고 있던 펜을 바닥에 떨어트렸다.

"현, 현오야······."

"못 들었어? 엄마는 나와 다르게 귀가 들리잖아! 적지 마! 글씨 적지 말라고!"

처음으로 엄마에게 큰소리를 치고 말았다. 그 순간, 엄마의 눈에 고여 있던 눈물이 아래로 툭 떨어졌다. 학교에서 있었던 일을 모르는 엄마에게 화를 내서 미안했지만, 깊은 상처가 생긴 마음이 가시처럼 나를 따갑게 찔러대서 결국 내 입에서 나오는 말도 뾰족하게 변해버렸다.

"엄마가 이러니까 내가 더 힘들어! 너무 힘들다고!"

"현오야······."

"사실은 나······ 엄마가 말하는 입 모양만 봐도 무슨 말인지 다 알아들을 수 있어. 그러니까 나한테 하는 말 글로 쓰지 마! 이젠 종이만 봐도 화가 나려고 해!"

"뭐? 어떻게······."

"왜 나만 안 되는 거야? 남들은 그냥 듣는 말을 왜 나는 입 모양을 읽고 글씨까지 읽어야 해? 귀가 있으면 뭐 해? 내 귀는 왜 소리가 들리지 않는 거냐고!"

참았던 서러움이 한번 터져 나오니 걷잡을 수가 없었다.

"현오야······. 그건······."

"엄마가 이렇게 안 해도 내가 장애인이라는 거 충분히 알아. 아무리 내가 노력해도 바뀌지 않는다는 게 얼마나 슬픈 일인지 엄마는 모를 거야. 나 이제 그만 상처받고 싶어. 너무 힘들어."

소리치며 우는 내 모습에 엄마의 얼굴이 어두운 밤처럼 캄캄해졌다. 그런데도 나는 멈추지 않고 엄마의 마음을 더욱 아프게 만들었다.

"엄마가 그렇게 하면…… 내가 더 귀머거리 같잖아."

누구의 탓도 하지 않을 거라던 다짐이 물거품처럼 사라지는 순간이었다. 이제는 마음이 생각한 대로 조절이 잘 되지 않는다. 괜찮지 않아도 괜찮다며 애써 참아왔던 모든 날들이 탑처럼 쌓여서 나를 아프게 만들었다. 슬퍼하는 엄마의 얼굴을 보니 뒤늦게 후회가 밀려와서 속상했다. 그렇지만 이미 엎질러진 물이라 되돌릴 수도 없었다. 여러 감정이 섞여서 나도 모르게 서러운 울음이 터져 나왔고, 두 손으로 귀를 막고서 실컷 울어버렸다. 애꿎은 엄마에게 화풀이를 한 죄책감과 미안한 마음이 동시에 들어서 도저히 눈물이 멈추질 않았다. 나보다 더 힘들었을 엄마 앞에서 이러면 안 되는 걸 아는데, 오늘만큼은 나도 어쩔 수가 없었다. 그런 나를 바라보는 엄마의 눈에서도 슬픈 눈물이 하염없이 흘러내렸다.

"다 내 잘못이야. 현오 네가 이렇게 된 건 다 내 탓이라고……. 일 때문에 할머니 댁에 보내지만 않았어도……. 그랬다면 가는 길에 사고도 나지 않았을 텐데……. 너도, 아빠도……. 전부 다 내 탓이야."

주먹으로 가슴을 세게 치면서 엄마는 계속해서 자신을 탓했다. 엄마의 잘못이 아니라고 말하고 싶어도 지금은 내가 엄마를 더 아프게

수상한 거미소년

만든 것 같아서 차마 말할 수가 없었다. 그렇게 계속 자신을 탓하던 엄마가 처음 입 모양을 읽었던 그날처럼 내게 말했다.

"미안해……. 현오야. 엄마가 다 미안해."

이 말을 듣고 싶지 않아서 여태껏 노력해 왔던 건데, 결국 엄마의 입에서 이 말이 또다시 나오게 만들었다. 모든 게 다 산산조각 난 기분이다. 나는 이제 어떻게 해야 하는 걸까?

* * *

집으로 들어와 뒤따라 오는 엄마를 쳐다보지도 않은 채 내 방으로 곧장 들어왔다. 평소 같았으면 학교에 다녀와서 엄마와 함께 거실 소파에 앉아 있었을 텐데, 오늘은 도저히 그럴 기분이 아니었다. 내 기분도 그렇지만 엄마도 그럴 수 없을 테니…… 내가 방으로 들어올 때까지도 엄마는 눈이 빨갛게 충혈될 정도로 내내 울고 있었다. 슬픔으로 가득 찬 엄마의 얼굴을 바라볼 자신이 없어서 오히려 쾅 하고 소리가 날 정도로 방문을 세게 닫았다. 그리고 아주 잠깐 말도 안 되는 생각이 들었다. 지금 이 순간만큼은 귀가 들리지 않아서 오히려 다행이라고 말이다. 나 때문에 마음 아파하는 엄마의 울음소리를 제대로 들을 자신은 없으니까…….

왜 하늘은 나를 선택했을까? 왜 엄마를 나 때문에 울게 만들었을까? 대체 왜…… 내 귀였을까? 누구라도 붙잡고 왜냐고 묻고 싶었지만, 정작 물을 곳이 없다는 사실이 나를 더 슬프게 했다.

엄마와 나는 답이 없는 시험을 매일 치르고 있는 것만 같다.
평생 정답을 모른다는 건, 숨이 막힐 정도로 답답하고 지치는 일
이다.
나에게도, 엄마에게도, 끝나지 않는 이 시험이 너무나 어려웠다.

4
우리 집에 온 특별한 거미 '유리'

방에 들어온 나는 침대에 털썩 누웠다. 학교에서 있었던 일을 떠올리고 싶지 않아서 억지로 잠을 청해봤지만 그것마저도 실패했다. 천장만 멍하니 보다가 그래도 갑갑해서 방 안에 있는 창문 쪽을 바라보았다. 그때, 창문 유리에 붙어 있는 작은 거미 한 마리를 발견했다.

'어? 분명히 창문이 닫혀 있었는데 어떻게 들어온 거지?'

거미가 방 안으로 들어온 게 조금 놀랍기도 하고 신기하기도 했다. 낯선 거미의 등장은 오늘 겪었던 힘든 일들을 잠시 잊게 해줬다. 소희가 해준 이야기가 떠올라서 살짝 호기심이 생긴 나는 거미의 움직임을 유심히 관찰했다. 거미는 투명 유리창이 제집인 것마냥 스케이트를 타듯이 여유롭게 움직였다. 한참 그 모습을 바라보다가, 문득 거미가 부럽다는 생각이 들었다. 나는 교실에서 운동장까지 혼자 갈 수도 없는데, 거미는 유리 교실과 유리 운동장을 편하게 돌아다니며 마음껏 놀 수 있었기 때문이다.

"넌 좋겠다. 그렇게 자유롭게 다닐 수 있어서. 나보다 네가 더 낫네."

나도 모르게 불쑥 튀어나온 말이었다. 그 말을 하고 있는 내 자신이 서러웠다.

"다들 쉽게 할 수 있는 걸 왜 나는 이렇게 어려운 거야……."

갑자기 울컥해서 귀에 있던 보청기를 빼버렸다.

"나도 듣고 싶어! 나도 이런 거 없이 남들처럼 평범하게 듣고 싶다고!"

목이 쉴 정도로 크게 소리치면서 서럽게 울었다. 평소 같았으면 엄마가 듣지 못하게 혼자 숨어서 작은 소리로 흐느끼거나 아예 눈물을 참았을 텐데, 지금은 그러고 싶지 않았다. 다들 내 기분은 안중에도 없이 상처가 되는 말을 아무렇지 않게 내뱉을 때도 나만 다른 사람의 기분을 살피고 걱정해야 하는 것이 늘 속상했었다. 그래서 더 크게 울고 더 크게 소리쳤다.

"이게 내 잘못이야? 안 들리는 게 내 잘못이냐고! 내가 잘못한 것도 아닌데 왜 다들 나한테 그러는 거야? 안 들려서 제일 힘든 건 바로 나라고! 아무것도 모르면서 함부로 말하지 마!"

그날, 늦은 밤까지 서럽게 울다가 겨우 잠이 들었다. 길었던 새벽이 지나고 어느덧 아침이 밝아왔다. 얼른 일어나라며 알람이 시끄럽게 울려대도 이상하게 꼼짝도 할 수 없었다. 머리는 일어나려고 안간힘을 쓰는데 몸은 움직여지지 않았다. 마치 무거운 돌멩이가 세게 누르고 있는 것처럼……

한동안 시야가 흐릿해졌다가 다시 눈을 떴을 때, 걱정이 가득한 얼굴로 내 곁을 지키고 있는 엄마가 보였다.

"엄……마?"

"현오야, 괜찮아? 이제 정신이 좀 드니?"

내 이마에 손을 올리며 엄마가 물었다. 나는 대답할 힘조차 없었다. 안쓰럽게 바라보던 엄마는 내 얼굴을 어루만졌다.

"아직도 열이 많이 나네."

입 모양을 읽고 나서야 아침에 내 몸이 마음대로 움직여지지 않은 이유를 알게 됐다.

"현오야, 이제는 엄마가 다 알았으니까 종이에 안 적고 바로 말할 게. 그것 때문에 네가 그렇게 힘들어하는지 몰랐어. 진심으로 미안해. 엄마가."

어제 엄마에게 화풀이를 한 내가 먼저 사과를 하는 게 맞는데, 오히려 엄마가 내게 사과를 했다. 나도 미안하다고 말하고 싶었지만 입이 잘 떨어지지 않았다. 눈물이 그렁그렁해진 나는 대답 대신 고개를 끄덕였다. 엄마는 내 마음을 다 안다는 듯 머리를 부드럽게 쓰다듬었다.

"오늘은 푹 쉬어. 열이 많이 나서 학교에 못 갈 것 같으니까 엄마가 선생님께 전화드릴게."

차라리 다행이었다. 사실은 어제 내내 울면서 학교에 가기 싫다는 생각을 했다. 희준이와 민기의 나쁜 말과 행동 때문에 겨우 꺼냈던 용기가 다시 보이지 않는 곳으로 꼭꼭 숨어버렸고, 그 탓에 더욱 학교에 가고 싶지 않았다.

'오히려 나을지도 몰라. 오늘 하루는 괴롭힘을 당하지 않아도 되잖아.'

엄마는 전화를 걸면서 방을 나갔다.

'내가 아프다는 말을 들으면 다들 어떤 반응을 보일까? 휴……. 아마도 학교에 나오지 않아서 애들은 더 좋아하겠지.'

괴로운 생각이 들자 머리가 다시 지끈지끈 아파왔다. 복잡한 머리도 식힐 겸 어제처럼 창문 쪽으로 눈길을 옮겼다.

"어?"

무언가를 발견한 내 눈이 한순간에 커졌다. 어제 봤던 거미가 여전히 유리 창문에 있는 게 아닌가!

"너 왜 아직도 거기 있어? 혼자 돌아갈 수가 없어서 밤새도록 그대로 있었던 거야?"

어제 봤을 땐 거미가 마냥 부럽다고만 생각했는데, 오늘은 집으로 돌아가지도 못하고 외롭게 혼자 있는 거미가 안쓰럽다는 생각이 들었다.

"혹시 너도 나처럼 친구가 없니?"

꼭 내 말을 들은 듯이 거미가 유리 위에서 원을 그리며 동그랗게 몸을 움직였다. 그러다 갑자기 줄을 타고 창문에서 휙 내려오더니 책상 위에 사뿐히 내려앉았다. 그 모습을 보고 거미를 향해 힘겹게 손을 뻗어봤지만, 열이 나서 움직이기가 어려운 탓에 책상까지 닿기에는 역부족이었다. 침대에서 떨어질 듯 말 듯 안간힘을 쓰고 있을 때, 엄마가 다시 방으로 들어왔다.

"현오야! 아픈 애가 왜 이러고 있어?"

침대에서 반쯤 몸이 벗어난 나를 보고 엄마가 화들짝 놀라며 달려왔고, 내 몸을 부축해서 침대 위에 조심스레 눕혀줬다.

"엄마……."

"그래. 현오야, 왜 그래? 뭐 필요한 거라도 있어? 엄마를 부르지 그랬어. 아픈 애가 위험하게. 그러다가 침대에서 떨어지기라도 하면 이쩌려고 그래?"

"저……기 말이야."

"저기? 저기 뭐가 있어?"

"책상 위에…… 거미."

"거미? 방에 거미가 들어왔어? 엄마가 얼른 밖으로 내보내 줄게."

"아니, 안 돼. 내보내지 마."

"뭐? 거미를 내보내지 말라고?"

"엄마, 제발 보내지 마. 그 거미는 내…… 친구야……."

힘들게 말을 하다가 다시 정신을 잃고 말았다. 여전히 열이 많이 나서였다. 그렇게 하루종일 끙끙 앓았다. 긴 시간 꿈속을 헤매다 다시 깨어났을 때는 이미 하루가 다 지난 뒤였다. 천천히 몸을 일으키자 이마에 있던 물수건이 이불 위로 툭 떨어졌다. 주위를 둘러보니 침대 옆 탁자에는 물이 담긴 대야가 있었고, 그 옆으로 여러 개의 물수건이 보였다.

'엄마가 밤새 나를 간호했구나⋯⋯.'

마음 한편이 저릿하게 아파왔다.

'나도 엄마한테 미안하다는 말을 해야 하는데⋯⋯.'

하지만 엄마는 어디에 갔는지 보이질 않았다. 어지러워서 도로 침대에 누워 책상이 있는 쪽을 바라보았다. 어제 어렴풋이 봤던 거미가 생각났기 때문이다. 하지만 거미의 모습은 어디에도 보이지 않았고, 잠시 기대했던 나는 금세 시무룩해졌다.

'거미가 집에 간 걸까? 아니면 내가 아파서 꿈을 꾼 걸까?'

빈 창문을 보니 왠지 모르게 허전한 마음이 들었다.

"그렇게 금방 가버릴 거면서 나한테 왜 왔던 거야⋯⋯."

속상해져서 울먹거리고 있을 때, 방문이 열리며 엄마가 들어왔다. 깨어 있는 나를 보고 표정이 한층 밝아진 엄마는 내 이마에 살포시 손을 올렸다.

"현오야, 언제 깼어? 이제 좀 괜찮아? 다행히 열은 많이 내려갔네."

"좀 괜찮아진 것 같아."

방금까지 미안하다는 말을 해야겠다고 생각했는데, 막상 엄마를 보니 입에서 쉽게 나오질 않았다. 괜스레 어색해하던 나를 엄마가 꼭 안아주었다.

"괜찮아져서 정말 다행이다. 현오야. 엄마가 많이 걱정했어."

엄마의 품은 언제나 따뜻하다. 나도 두 손으로 엄마를 꼭 끌어안았다.

"고마워. 엄마."

지금은 미안하다는 말보다 고맙다는 말이 엄마에게 더 내 마음을 표현할 수 있을 것 같았다. 그 마음이 전해졌는지, 엄마도 한참 동안 나를 따뜻한 품속에 안아주었다. 말하지 않아도 느낄 수 있었다.

나는 엄마를, 엄마는 나를, 우리는 서로를 온 마음을 다해 걱정하고 있었다는 것을.

"엄마가 전복죽 만들어왔어. 며칠 아파서 제대로 먹지도 못했잖아 많이 배고플 텐데 얼른 죽 먹고 약도 챙겨 먹자."

방을 나서려던 엄마가 멈칫하더니 다시 나를 돌아보고는 조심스레 물었다.

"현오야, 방금 엄마가 한 말…… 다 알아들은 거지?"

종이에 적지 않고 대화를 하는 게 아직은 어색했는지 엄마가 한 번 더 확인했다.

"응. 무슨 말인지 다 알아들었어."

"대단하네. 우리 아들. 잠시만 기다려. 엄마가 얼른 가서 챙겨올게."

엄마도, 선생님도, 소희도 모두가 똑같은 말을 나에게 해줬다. 입모양을 읽어서 알아듣는 게 대단하다고 말이다. 내 생각대로 그건 능력이 맞았나 보다. 아무에게도 말할 수 없었던 나만의 능력을 이제야 인정받은 느낌이었다. 그래서 조금은 후회가 되기도 했다.

"소희 말대로 차라리 처음부터 말했더라면 상황이 달라졌을까?"

무심코 혼잣말을 하다가 이내 고개를 저었다. 어차피 지금 이런 생각을 해봤자 아무런 소용이 없으니까. 답을 찾지도 못하고 괜히 힘들었던 학교생활만 떠올라서 마음이 도로 무거워졌다.

"현오야!"

다시 방문이 활짝 열리며 오랜만에 밝아진 엄마의 목소리가 들렸다. 반대로 나는 슬픈 기억이 생각나서 별로 먹고 싶지가 않았다.

"엄마, 근데 나 아직 먹기가 싫……"

당연히 죽을 가져왔을 거라 생각하며 뒤를 돌아보자 엄마의 손에는 죽이 아닌 처음 보는 투명 케이지가 들려 있었다.

"그건 뭐야?"

"음…… 현오 친구?"

엄마가 빙그레 웃으며 나에게 케이지를 건넸다. 어리둥절해하며 그 안을 들여다본 나는 깜짝 놀라 눈이 휘둥그레졌다. 어제 책상 위로 내려왔었던 거미가 케이지 안에 있었기 때문이다. 꿈인가 싶어서 두 눈을 비빈 후 재차 확인해 봐도 여전히 거미가 나를 바라보고 있었다. 마치 반가운 인사를 건네듯이.

"엄마, 이게 어떻게 된 일이야?"

"어떻게 되긴. 그 거미가 현오 친구라고 했잖아. 그래서 우리 집에서 잘 지낼 수 있게 방을 만들어준 거야. 좋은 친구와 함께라면 우리 현오도 힘을 낼 수 있을 것 같아서."

"엄마……."

전혀 예상하지 못했다. 엄마가 나를 위해서 거미의 집을 만들어줄 거라고는.

"혹시나 하고 물어봤는데, 다행히 독이 없는 거미라고 하더라. 우리 집에서 같이 살아도 괜찮대."

꿈이 아니라서 정말 다행이었다. 케이지 안의 거미는 구석에서 나오더니 부지런히 움직였다. 나를 보러 오는 것처럼 가까이 다가왔고, 투명한 유리벽을 사이에 두고 우리는 서로를 바라봤다. 거미와 나를 만날 수 있게 도와준 엄마에게 감동을 받아서 마음 한편이 뭉클해졌다.

"엄마, 고마워. 진짜 고마워."

케이지를 품에 안고서 눈물을 뚝뚝 흘리는 내 모습을 보고, 어느새 엄마의 눈가도 촉촉해졌다.

"엄마도 고마워. 현오야, 우리 다시 힘내자. 그런 의미에서 따뜻한 죽부터 먹어볼까?"

엄마는 직접 만든 전복죽을 가져와서 한 숟가락씩 입으로 후후 불어가며 정성스럽게 떠먹여 줬다. 좀 전까지만 해도 아무것도 먹고 싶지 않았는데 엄마의 사랑이 전해져서인지, 아니면 거미를 만나서인지, 거짓말처럼 조금씩 기운이 나는 듯했고 없었던 식욕까지도 생긴 것 같았다. 그 덕에 엄마가 떠먹여 주는 죽을 하나도 남기지 않고 깨끗이 다 먹었다. 식사를 마치고 나니 엄마가 조심스럽게 말을 꺼냈다.

"현오야."

"응. 엄마."

"듣지 못하는 건…… 네 잘못이 아니야."

입 모양을 읽고서 당황했다. 어제 내가 울면서 했던 말을 엄마가 거실에서 다 들었나 보다. 안 그래도 엄마에게 화낸 것 때문에 미안했는데, 그런 말까지 듣게 해서 엄마를 더 속상하게 만든 것 같아 후회가 됐다.

"……미안해. 엄마."

"왜 엄마에게 미안해. 가장 힘든 건 현오잖아. 제일 듣고 싶어 하는 것도 우리 현오인데……."

또다시 눈에서 눈물이 떨어져 이불을 적셨다. 며칠 동안 그렇게나 많이 울었는데도 여전히 내 안에는 눈물이 남아 있었다. 누구보다 나의 아픔을 온전히 이해해 주는 엄마의 품에 안겨서 펑펑 울었다. 엄마는 내가 편히 울 수 있게 나를 안고서 따뜻하게 등을 토닥여 주었다.

"엄마는 네가 있어서 행복해. 현오가 엄마에게는 기적이니까. 아빠가 하늘나라로 떠나고 나서 엄마는 매일 너와 함께 지낼 수 있는 것만으로도 기적이라고 여기며 감사하게 생각했어."

"엄마……."

"현오야, 엄마에게는 세상 무엇보다 네가 소중해. 그래서 네가 상처받고 아파하는 모습을 도저히 못 보겠어. 그러니까 더는 애쓰지 않아도 돼. 현오야…… 학교 이제 그만 가자."

＊　＊　＊

날이 밝았지만 나는 학교에 갈 준비를 하지 않았다. 열은 다 내렸고 몸이 아픈 것도 거의 다 나아졌는데도 말이다.

"현오야…… 학교 이제 그만 가자."

그 말을 듣고 바로 대답을 하지 못했다. 괴롭힘을 당할 때마다 학교에 가기 싫다고 여러 번 생각했지만, 막상 못 가게 된다고 생각하니 이상하게 섭섭한 마음이 들었다. 고민하는 내 표정을 찬찬히 살피던 엄마는 하루만 더 깊이 생각할 시간을 가져보라고 말했다.

"엄마는 너의 선택을 존중해. 어떤 선택을 내리든, 현오가 나중에라도 후회가 남지 않는 쪽으로 정했으면 좋겠어."

마지막 말이 머릿속에서 내내 맴돌았다. 엄마가 출근하고 난 뒤 집에 혼자 남은 나는 신중히 고민했다.

'내가 후회하지 않는 쪽이라…….'

지금 다니는 학교를 그만두면 특수학교로 가게 되는 걸까? 특수학교에 가게 되면 지금보다는 마음이 편안해질까? 이럴 거였으면 처음부터 그곳으로 가는 게 더 낫지 않았을까? 이런저런 생각을 하다가 다시 고개를 절레절레 흔들었다.

"귀가 안 들리는 건 내 선택이 아니었어도 일반 학교에 가는 건 내가 직접 선택한 거였잖아. 그것까지는 후회하지 말자."

복잡해진 기분을 애써 바꿔 보려고 투명 케이지가 올려져 있는 책상으로 눈을 돌렸다. 어제는 거미가 무척 반가운데도 아파서 오래 볼 수가 없었다.

"오늘은 어제보다 많이 볼 수 있겠네. 근데 거미가 어디로 숨은 거지?"

의자에 앉아서 케이지 안을 요리조리 살펴봤다. 몸집이 작아서인지, 아니면 구석에 숨어 있는 건지 거미의 모습이 보이지 않았다. 조심스레 뚜껑을 열고 안을 자세히 살펴보던 찰나,

"어? 어?"

언제 밖으로 나왔는지도 몰랐던 거미가 어느새 내 손을 타고서 올라오고 있는 게 아닌가! 몹시 놀라서 움찔하면서도 행여 거미가 다칠까 봐 손을 피하지는 않았다. 내가 이러지도 저러지도 못하는 사이 거미는 손에서 팔까지 열심히 올라오고 있었다.

"몸은 자그마한데 보기보다 꽤 용감하네."

막지 않고 가만히 보고만 있자 거미는 작은 몸으로 영차영차 잘도 올라왔다. 그 모습이 마냥 신기하면서도 놀라웠다. 불현듯 놀이터 벤치를 타고 올라오던 거미가 떠올랐다.

"널 보고 있으면 놀이터에서 봤던 그 거미가 생각나. 너처럼 씩씩했

는데, 잘 지내고 있을까?"

거미는 내 말에 반응을 보이듯 내 팔 위에 잠시 멈춰 섰다.

"올라와도 괜찮아."

이번에도 내 말을 알아들은 것처럼 멈춰 있던 거미가 다시 움직였다. 부지런히 올라온 거미는 어느새 내 오른쪽 팔꿈치까지 다다랐다. 혹시라도 높은 곳에서 떨어지거나 위험할 수도 있을 것 같아서 반대쪽 손으로 조심스레 거미를 잡았다. 그리고 살포시 손으로 감싸서 내 침대로 데려왔다. 딱딱한 케이지 안에서 하룻밤을 보냈으니 푹신한 침대에서도 쉴 수 있게 해주고 싶었다. 침대 위에 천천히 내려놓자 거미도 포근해서 마음에 들었는지, 여기저기 탐색하듯이 즐겁게 돌아다녔다.

"마음에 들었나 보네. 이건 침대라고 하는 거야. 푹신하지?"

거미는 침대 구석구석을 돌아다니다가 베개 위로 올라갔다. 그곳에서 멈춘 거미는 가만히 베개 위에 자리를 잡았다. 작게 웅크리고 있는 모습이 살짝 귀엽게 느껴졌다.

"너도 강아지나 고양이처럼 내가 쓰다듬어줄 수 있으면 얼마나 좋을까? 아…… 그것보다 우리는 친구가 됐으니까 너와 내가 같이 놀 수 있으면 참 좋을 텐데……."

물끄러미 바라보다가 문득 거미에게 이름을 지어줘야겠다는 생각이 들었다.

"널 계속 거미라고 부를 수는 없으니까, 내가 이름을 지어줄게.

음…… 어떤 이름이 좋을까?"

좋은 이름을 지어주고 싶어서 한참 고민을 하던 내 눈에 거미를 처음 발견했던 유리 창문이 들어왔다.

"아! 처음에 저 유리를 타고 내게로 왔으니까 너를 '유리'라고 부를게. 이렇게 예쁜 이름이면 사람들이 너를 무서워하지 않을 거야. 어때? 유리야, 마음에 들어?"

유리가 천천히 움직이더니 베개의 가운데로 이동했다. 꼭 나를 보러 온 것처럼 제일 가까운 위치에 와서 자리를 잡았다.

"유리야, 혹시 나한테 대답하려고 온 거야?"

대답할 수 없다는 걸 알면서도 이상하게 입에서 질문 같은 말이 튀어 나왔다.

"어?"

우연의 일치인지 내 말을 들은 유리가 베개 가운데에서 동그랗게 원을 그리며 움직였다. 마치 나에게 무언가를 말하고 싶은 것 같았다. 한참 유리를 바라보다가 문득 슬픈 생각이 들었다.

"유리 넌 소리가 들리는구나. 진짜 부럽다. 사실 나는 귀가 들리지 않거든. 그래서 불편할 때가 많아. 반대로 너는 말을 할 수가 없어서 나처럼 답답하겠다. 나는 소리를 들을 수는 없어도 다행히 말은 할 수 있어서 너에게 살짝 내 속마음을 얘기하는 거야. 왜 우리는 이렇게 힘들어야 하는 걸까? 너와 내가 하나씩 부족한 것을 서로에게 나눠줄 수 있으면 좋겠어."

말을 하고 보니 슬픔이 차올랐다. 내 이야기를 듣던 유리는 어느새 베개 끝 쪽으로 가서 우두커니 있었다. 구석에서 혼자 우는 것마냥. 그런 유리의 모습이 나를 보는 것 같아서 마음이 아팠다. 나처럼 외롭지 않게 유리가 있는 베개 위에 나란히 누웠다. 그제야 서로를 마주 보는 느낌이었다.

"유리야, 내가 어떻게 해야 할지 잘 모르겠어. 네가 나라면 어떻게 할 것 같아?"

점점 베개가 젖어들고 있었다. 오늘만큼은 절대 울지 않으려고 했는데, 마음먹은 대로 잘 되지 않았다.

"나는 이대로 포기해야 하는 걸까? 학교도 진짜 그만둬야 하는 걸까? 유리야…… 제발 나에게 방법 좀 알려줘. 난 정말 모르겠어."

결국 내 얼굴은 온통 눈물범벅이 됐다. 한껏 슬퍼진 나를 유리가 가만히 지켜보고 있었다.

"이제는 소리를 듣고 싶어. 사라져버린 소리를……. 더는 슬프지 않았으면 좋겠어. 엄마도, 나도……."

그렇게 혼잣말을 하다가 언제인지도 모르게 잠이 들고 말았다.

유리를 케이지 안에 다시 넣는 것을 깜박 잊은 채로.

5
기적처럼 '소리'가 들리다

"현오야."

다시 눈을 떴을 때는 이미 저녁 시간이 되어 있었다.

"엄마?"

내가 눈을 비비며 대답하자 엄마가 나를 바라보며 말했다.

"응. 엄마 퇴근해서 왔어. 오늘은 컨디션이 어때?"

"나쁘지 않아."

"식탁에 차려둔 밥은 챙겨 먹었어? 약은?"

"응. 둘 다 먹었어."

"그래. 잘했어. 우리 현오, 오늘따라 엄마 말에 대답이 더 빠른 것 같네. 그동안 엄마한테 숨기느라고 일부러 늦게 대답한 거였어?"

"그게 무슨 말이야? 내 대답이 빠르다고?"

그러고 보니 뭔가 이상했다. 평소와는 조금 다른 이 느낌이 뭐지? 방금까지 나는 잠이 덜 깨서 손으로 눈을 비비고 있었다. 당연히 엄마가 말하는 입 모양도 제대로 볼 수 없었다. 그런데 지금, 내가 엄마의 말에 곧바로 다 대답을 하고 있잖아!

"엄마!"

"응?"

"엄마?"

"왜 그래. 현오야?"

분명히 달랐다. 내게 일어난 일을 도저히 믿을 수가 없어서 질끈 눈을 감고 엄마에게 말했다.

"엄마, 나한테 아무 말이나 해봐."

"눈은 왜 그래? 현오야, 혹시 아픈 거야? 눈이 아프면 엄마랑 병원 갈까?"

들린다! 또렷한 엄마의 목소리가! 어떻게 이럴 수가! 내 귀에 엄마의 목소리가 정확히 들리고 있었다. 내가 그토록 간절히 바라던 소리가!

"엄마, 나 지금 귀가 있잖아……."

기적처럼 놀라운 소식을 엄마에게 제일 먼저 알리고 싶어서 기쁘게 말을 꺼내려던 그때,

[안 돼! 현오야! 엄마한테 귀가 들린다는 사실을 말해선 안 돼!]

방금 들었던 엄마의 목소리와는 완전히 다른 낮은 목소리가 귀에 들려왔다. 단호한 말에 순간 움찔하며 나도 모르게 두 손으로 입을 막았다. 그런 나를 보고 불안해진 엄마가 물었다.

"현오야, 귀가 왜? 귀가 어떻다는 거야?"

"엄마, 방금 누가……."

내가 다시 말을 꺼내려고 하자 낮은 목소리가 무서운 경고를 날렸다.

[네가 들을 수 있게 됐다는 사실을 엄마에게 말한다면 다시는 듣지 못하게 될 거야.]

소스라치게 놀라서 그대로 굳어버렸다. 분명 엄마가 아닌 누군가가 내게 말을 하고 있었다. 목소리의 정체는 알 수 없어도 다시는 들을 수 없게 된다는 말이 두려워서 입을 꾹 닫았다.

"현오야, 방금 엄마한테 말을 하려다 말았잖아. 무슨 말 하려고 했어? 어디가 아픈 거야?"

걱정하는 엄마의 목소리를 한 번 더 확인하니 덜컥 겁이 났다. 예전으로 다시 돌아갈까 봐.

'원래대로 듣지 못하게 되면 어떡하지? 이렇게 소중한 엄마의 목소리를. 겨우 되찾은 소리를…….'

속으로 혼자 고민하다가 엄마가 걱정하지 않도록 대충 둘러댔다.

"아, 아무것도 아니야. 배가 고프다고 말하려고 그랬어. 엄마, 나 배고파. 며칠 동안 조금밖에 못 먹어서 그런가 봐. 엄마가 해주는 맛있는

음식이 먹고 싶어."

급하게 화제를 돌리며 어색하게 배를 문지르는 시늉을 했다. 긴장해서인지 이마에서 식은땀이 주르륵 흘러내렸다. 반대로 엄마는 내가 오랜만에 음식을 먹고 싶다고 해서 기뻤는지, 아까 했던 말은 전부 잊은 것처럼 금세 얼굴에 화색이 돌았다.

"우리 현오 진짜 다 나았나 보네. 배고프다는 말을 다 하고. 며칠 동안 아프고 통 먹지를 못해서 걱정했어. 이제 좀 안심이 된다. 조금만 기다리고 있어. 엄마가 얼른 우리 현오 좋아하는 거 다 만들어줄게."

엄마가 나가고 방 안에는 나 혼자 남았다.

"휴, 엄마에게 말하고 싶었는데……."

주위가 조용해지자 기다렸다는 듯 아까보다 더 또렷한 소리가 들려왔다.

[엄마에게 말하지 않은 거 잘했어.]

여전히 모습은 보이지 않았다. 또다시 들리는 낯선 목소리에 당황하고 조금 무섭기도 했지만 이번에는 그냥 넘어가지 않고 정체를 꼭 확인해야 할 것 같았다.

"너…… 누구야? 지금 어디에 있는 거야?"

[나는 현오 네 귓속에 있어.]

"뭐, 뭐라고?"

소스라치게 놀라서 심장이 쿵쾅쿵쾅 뛰었다. 지금 내 귀에 무언가가 있다니!

"그, 그게 대체 무, 무슨 말이야?"

[놀라는 반응 이해해. 쉽게 믿지는 못하겠지. 그래도 사실이야.]

두려우면서도 한편으로는 궁금했다. 내 귀에 있다는 수상한 목소리의 정체를.

"그래서 네가 누군데?"

[나야. 네 친구, 유리!]

"뭐??!!!"

너무 놀라서 하마터면 크게 소리를 지를 뻔했다. 당황한 나를 전혀 아랑곳하지 않고 그 목소리는 도리어 차분하게 말을 이었다.

[아직 놀랄 일이 하나 더 있어. 학교 놀이터에서 네가 만났던 그 거미도 바로 나야.]

도저히 믿을 수 없는 일이 나에게 벌어지고 말았다. 내 귓속에 유리가 있다니! 게다가 유리가 놀이터에서 만난 바로 그 거미였다니!

선뜻 믿기는 어려운 말이었다. 혹시나 하는 마음에 벌떡 일어나서 책상 위에 있던 케이지 안부터 살펴봤다. 구석구석 아무리 찾아봐도 유리의 모습은 보이지 않았다. 침대 위에도 이곳저곳 빠짐없이 살펴보고, 베개 커버까지 지퍼를 열어 샅샅이 찾아봤지만 어디에도 유리는 없었다.

"설마…… 진짜로 그럴 리가……."

침대에 털썩 앉으며 멍해진 나를 보고 정신 차리라는 듯 단호한 말투가 들렸다.

[그래봤자 소용없어. 시간 아깝게 찾지 마. 나는 네 귀 안에 있다니까!]

"그, 그게 말이 돼? 어떻게 그럴 수가 있어? 혹시 내가 지금 꿈을 꾸는 건가?"

있는 힘껏 볼을 세게 꼬집었다. 아야, 소리가 절로 날 정도로 얼얼하고 아프기만 했다.

[꿈 아니야. 아까 현오 네가 잠들었을 때, 내가 너의 귀 안으로 들어왔으니까.]

"뭐? 내 귀 안으로 들어왔다고? 왜?"

[기억 안 나? 나는 네가 간절히 바라던 걸 들어준 것뿐이야. 네가 말했었잖아.]

"무슨 말?"

[나는 귀가 들리고, 너는 말을 할 수 있으니까 너와 내가 서로에게 부족한 것을 나눠줄 수 있으면 좋겠다고.]

잠들기 전, 내가 유리를 보며 했던 말이 머릿속에서 빠르게 스쳐갔다.

'유리 넌 소리가 들리는구나. 진짜 부럽다. 사실 나는 귀가 들리지 않거든. 그래서 불편할 때가 많아. 반대로 너는 말을 할 수가 없어서 나처럼 답답하겠다. 나는 소리를 들을 수는 없어도 다행히 말은 할 수 있어서 너에게 살짝 내 속마음을 얘기하는 거야. 왜 우리는 이렇게 힘들어야 하는 걸까? 너와 내가 하나씩 부족한 것을 서로에게 나눠줄 수

있으면 좋겠어.'

세상에 이런 일이! 이 모든 게 진짜라면 굉장히 놀라운 일이었다. 생각만으로도 가슴이 벅찰 만큼. 나에게는 정말 꿈같은 일이라 다시 확인하듯 되물었다.

"정말이야? 내가 그 말을 해서 유리 네가 내 귀에 들어온 거란 말이야?"

[그래. 내가 네 안에 있는 동안 나는 이렇게 말을 할 수 있게 됐어. 그 덕분에 현오 너는 귀로 들을 수 있게 됐지. 네 말처럼 우리는 서로에게 부족한 걸 채워줄 수 있게 된 거야.]

말도 안 된다는 걸 알지만 지금만큼은 낯선 목소리가 하는 말을 믿고 싶었다. 그래야만 내게 일어난 기적이 진짜가 될 테니까. 그토록 간절히 바랐던 내 소원까지도.

"네 말이 다 사실이라면, 내가 이제 소리를 들을 수 있게 됐다는 말인 거지?"

[맞아.]

유리는 한 번 더 나에게 확실히 대답해 줬다. 그래서 나는 이 목소리를 믿을 결심이 생겼다. 잠시 뜸을 들이다가 어색하게 이름을 불러 봤다.

"유, 유리야, 이거 꿈 아니지?"

[꿈 아니야. 걱정하지 마. 현오야.]

조금은 남아 있던 불안감을 없애고 나를 안심시켜 주는 말이었다.

더불어 나를 '현오야'라고 다정하게 불러주는 목소리를 들으니 귓속의 신비한 존재가 유리라는 확신이 생겼다.

"우와! 진짜 들을 수 있게 되다니! 내가 유리 너와 대화를 하다니! 전부 다 신기해! 지금 유리 네 목소리가 내 귀에 또렷하게 다 들리고 있어!"

[그렇게 좋아?]

"당연하지. 내가 얼마나 바랐는데. 너무 좋아서 하늘을 날아갈 것 같아. 유리야, 그럼 나 이제부터 계속 소리를 들을 수 있는 거야? 어른이 되어서도 평생?"

[계속이라……. 일단은 내가 네 곁에 있는 동안이라고 해둘게.]

기한을 알 수 없다는 유리의 말에 방금까지 방방 뛰던 나는 급 다운됐다. 언제까지가 될지 모른다는 말은 어느 날 갑자기 내 귀가 들리지 않게 된다는 뜻이기도 하니까…….

"왜? 유리 네가 항상 내 곁에 있어주면 되잖아."

[글쎄. 지금은 나도 바로 장담할 수가 없어.]

"그러면 안 되는데……."

아직 일어나지 않은 일인데도 이미 걱정이 가득해져서 내 얼굴이 잔뜩 어두워졌다. 무엇보다 소리를 다시 잃어버리기 전에 엄마에게 이 기쁜 소식을 전하지 못해서 속상했다. 단 한순간이라도 엄마의 행복한 얼굴을 보고 싶은데……. 생각이 많아진 나를 보고 유리가 말했다.

[제발 소리를 듣고 싶다고 울면서 말하던 현오 맞아? 그 말을 듣고

간절한 마음이 느껴져서 내가 힘들게 소원을 이뤄준 건데, 벌써 실망하는 모습을 보이는 거야? 잠시가 되더라도 소리를 듣게 되면 기뻐할 줄 알았는데……. 그런 표정을 할 거면 지금이라도 내가 다시 밖으로 나갈까?]

"아, 아니야. 그런 게 아니라……."

[그럼 왜 시무룩해진 거야?]

"소원이 이뤄져서 진심으로 기뻐. 네 말대로 계속 듣지 못해도 이렇게 잠시 듣는 것만으로도 꿈만 같으니까. 나는 어릴 적 생긴 사고 때문에 청력을 잃었어. 그전에 들었던 소리에 대한 기억도 잘 나지 않아서 귀가 들린다는 게 어떤 느낌인지 몰랐거든. 분명히 태어나서 사고 나기 전까지는 소리를 들었을 텐데도 말이야. 그래서 네 목소리를 듣는 것도, 엄마의 목소리를 듣게 된 것도, 나에게는 기적이나 다름없어. 기쁘고 감사한 일이고. 그런데……."

[그런데?]

"언젠가 소리가 들리게 되면 내가 가장 하고 싶었던 일은 엄마에게 제일 먼저 이 좋은 소식을 말하는 거였어. 그러면 엄마가 더 이상 나 때문에 마음 아파하지 않아도 되니까……. 하지만 네가 사실대로 말하면 안 된다고 하고, 원래대로 들리지 않게 될 수도 있다고 하니 나도 모르게 덜컥 걱정이 됐나 봐. 또다시 소리를 잃기 전에 아주 잠시만이라도 엄마를 기쁘게 해주고 싶어서……."

[흠…… 지금은 내가 해줄 수 있는 말이 없네. 그 부분까지는 생각

을 못 했거든.]

"아니야. 이런 말 해서 미안해. 너에게 고맙다는 말부터 먼저 전해야 했는데…… 늦었지만 정말 고마워. 유리야. 내 이야기도 들어주고, 이렇게 소리도 듣게 해줘서. 네 덕분에 내 오랜 소원이 이뤄졌어."

[그렇다면 다행이고.]

"유리야, 근데 나 뭐 하나만 물어봐도 돼?"

[응. 물어봐.]

"왜 소리가 들리게 됐다는 사실을 아무에게도 말하면 안 되는 거야?"

[만약 네가 그 말을 누군가에게 하게 된다면, 사람들이 너의 말을 바로 믿어줄 거라고 생각해?]

뜻밖의 질문에 곧바로 답을 내놓을 수가 없었다. 내가 우물쭈물하자 유리가 이어서 말했다.

[너는 지금 내 목소리를 들으니까 그나마 이 믿을 수 없는 사실을 믿게 된 거겠지만, 다른 사람들은 달라. 대부분의 사람들은 눈에 보이지 않는 것은 쉽게 믿으려고 하지 않아. 네가 지금 밖으로 나가서 내 귀 안에 거미가 들어왔다고, 그래서 다시 소리를 들을 수 있게 됐다고 말한다면 과연 누가 그 말을 믿어줄까? 최악의 경우엔 너에게 이상이 생긴 줄 알고 당장 병원에 보낼지도 몰라.]

질문을 듣고 혼란스러웠는데, 유리의 설명을 들으니 어느 정도 이해가 됐다.

"아…… 그럴 수도 있겠네. 하지만 엄마는 다르지 않을까? 우리 엄마는 항상 나를 믿어주거든."

[글쎄, 엄마라고 해서 다를까?]

그건 확실히 말할 수 있었다. 나는 언제나 엄마를 믿기 때문이다. 그럼에도 유리의 부정적인 반응에 차마 입을 뗄 수가 없었다. 더군다나 귓속에 거미가 있다고 말한다면 내 건강이 걱정돼서 병원에 데려갈 수도 있다는 부분은 유리의 말이 맞다는 생각이 들었다.

'혹시라도 귀에 검사를 받다가 유리를 발견해서 밖으로 빼내기라도 한다면, 그 즉시 소리를 들을 수 없게 되잖아! 아, 안 돼!! 병원에 가면 큰일이야!'

머릿속에 이런저런 고민들로 가득 차 있던 그때, 유리는 또 한 번 나를 놀라게 만들었다.

[병원에 가서 검사라…… 설마 그렇게 되길 바라진 않겠지?]

내 속마음을 유리에게 들켜서 뜨끔했다.

"너 어떻게 알았어? 혹시 내 생각까지도 읽을 수 있는 거야?"

[맞아. 귀는 머리와 꽤 가깝잖아. 네가 머릿속으로 생각하는 속마음까지도 나에게 다 들려.]

귀가 들리는 이 기적 같은 상황에, 속마음까지도 들을 수 있다는 유리의 말은 크게 이상하지 않았다. 오히려 숨기지 않고 다 말할 수 있어서 누구보다 편한 사이가 될 수 있을 것 같았다.

"오! 들린다니 더 좋아. 우리 사이에 비밀은 없겠네."

수상한 거미소년

[응. 비밀이 없어야 친구니까.]

"친구?"

[현오 네가 먼저 나를 친구라고 불러줬잖아. 너희 엄마한테 말이야.
덕분에 이 집에서 내가 살게 된 거고.]

"아, 너랑 친구가 되고 싶은 마음에······."

살짝 쑥스러워서 머리를 긁적이자 유리가 한층 밝아진 목소리로
말했다.

[실은, 그 말을 듣고 감동받았어. 그래서 너에게 오게 된 거야. 나를
친구라고 말해줘서 정말 고마웠거든.]

"그랬구나. 나도 고마워. 유리야. 네가 떠나지 않아서 기뻤어. 그럼
우리 이제부터 진짜 친구가 되는 거야?"

[당연하지.]

귓속에서 유리의 밝은 웃음소리가 들려왔다. 내 입가에도 자연스
레 미소가 번져나갔다.

[현오야, 다시 귀가 들리게 됐을 때, 엄마에게 말하는 거 말고, 또
하고 싶었던 건 없었어?]

"내가 하고 싶었던 거? 음······."

유리가 던진 새로운 질문에 잠시 생각에 잠겼다. 다시 귀가 들리게
된다면 하고 싶었던 일이 수도 없이 많았기 때문이다.

'뭐부터 하면 좋을까?'

한참 고민을 하고 있는데, 방문을 열고서 엄마가 들어왔다.

"현오야, 저녁 먹으러 와."

내 귀에 들려오는 엄마의 목소리. 다정한 그 목소리를 또렷하게 듣고 나서야 나는 알게 됐다. 다시 귀가 들리게 되면 내가 가장 하고 싶었던 일은…… 이미 이루어졌다는 것을.

* * *

맛있는 냄새가 솔솔 나서 방에서 나와 주방으로 갔다. 엄마가 실력 발휘를 한 식탁 위에는 먹음직스러운 음식이 한가득 차려져 있었다.

"현오가 좋아하는 거 이것저것 만들어봤는데 식기 전에 얼른 먹어."

엄마의 고운 목소리는 여러 번 들어도 좋았다. 들을 때마다 감격스러워서 마음이 벅차올랐다.

"맛있게 잘 먹겠습니다!"

윤기가 반지르르한 잡채에 먼저 눈길이 갔다. 젓가락으로 최대한 듬뿍 집어서 입안 가득 넣었다. 엄마의 잡채는 항상 맛있었지만 오늘따라 훨씬 더 맛있게 느껴졌다.

"진짜 맛있어. 역시 우리 엄마 음식이 최고야!"

엄지를 척, 올리며 환하게 웃어 보이자 덩달아 엄마의 표정도 밝아졌다. 정작 엄마는 식사도 하지 않고, 반찬을 전부 내 앞으로 가까이 놓아주며 잘 먹는 내 모습을 흐뭇하게 바라보기만 했다.

"엄마도 좀 먹어."

"난 괜찮아. 현오가 많이 먹어. 엄마는 네가 먹는 것만 봐도 좋으니까."

그 말을 들은 유리가 귓속에서 말했다.

[아까 네 말을 들을 땐 잘 몰랐는데, 지금 보니 현오가 왜 그런 마음이 들었는지 조금은 알 것도 같아. 생각보다 엄마는 따뜻한 존재구나. 현오는 참 좋겠다. 이렇게 힘이 되어주는 좋은 엄마가 있어서……."

유리의 말을 듣고 살며시 고개를 끄덕였다.

한참 맛있게 밥을 먹다가 거실에 있던 TV가 눈에 들어왔다. 자막이 나오는 영상으로 공부할 때를 제외하면 평소에 엄마는 내가 있을 때 TV를 틀지 않았다. 나는 그 이유를 알고 있어서 늘 속상했다.

"엄마."

"응?"

"엄마는 왜 TV를 안 봐? 나랑 공부할 때 말고는 드라마나 예능 같은 것도 안 보잖아."

갑작스러운 내 질문에 엄마는 난처해했다.

"그거야……."

"사실 왜 그런지 알아. 나 때문에 안 보는 거지?"

"아, 아니야. 현오야."

"아니긴. 그러지 마. 엄마도 다른 사람들처럼 편하게 TV 보면 좋겠어. 다른 것도 내 눈치 보느라 안 하지 말고. 나 때문에 엄마까지 그런 걸 다 포기할 필요는 없잖아."

"그런 거 아니야. 현오야, 엄마는 TV 안 봐도 돼. 별로 좋아하지도 않고……."

쉽사리 마음을 바꾸지 않을 것 같아서 밥을 먹다 말고 자리에서 일어났다. 서랍 깊숙이 있던 리모컨을 꺼내 TV를 켜자 엄마가 당혹스러운 표정을 지었다. 반대로 나는 일부러 태연하게 말했다.

"나도 공부할 때 아니더라도 TV 보고 싶어서 그래."

화면이 나오자 새로운 사람들의 목소리가 흘러나왔고, 채널이 바뀔 때마다 여러 번 놀랐다. 제일 신기한 건 사람들마다 목소리가 각각 다르다는 거였다.

'와! 세상에 이렇게 다양한 소리가 있다니!'

여러 가지 소리가 나오는 TV를 보며 연신 감탄하던 나와 달리 엄마의 낯빛은 점점 더 어두워지고 있었다.

"현오야, 이제 그만 TV 끄고……."

엄마가 옆에서 말려도 TV를 끄지 않고 계속해서 리모컨으로 채널을 돌렸다. 이윽고 화면에서 음악 채널이 나오자 곧바로 멈췄다. 가수들이 나와서 저마다 노래를 부르니 즐거운 멜로디가 흘러나왔다. 처음 듣는 노래에 감동을 받아서 기분이 몽글몽글해졌다.

'아……. 이런 게 음악 시간에 배우는 '노래'였구나. 정말 듣기 좋다.'

탄성이 절로 나올 만큼 노래가 아름다워서 계속 듣고만 싶었다.

'가만히 듣고 있으니까 점점 편안해지는 느낌이야.'

한참 감상하고 있는데, 엄마가 내 손에 있던 리모컨을 휙 가져가더니 TV를 꺼버렸다.

"잘 보고 있는데 왜 끄는 거야? 다시……."

"현오야, 네가 그러면 엄마가 마음이 아파."

TV를 보는 건 마음 아픈 일도, 슬픈 일도 아니다. 하지만 나 때문에 엄마는 그것마저도 슬프게 느끼는 것 같아 속상했다. 그래서 오늘은 말하기로 결심했다. 오랫동안 속에 담아두었던 이야기를.

"나는 엄마가 이럴 때마다 더 마음이 아파."

"……뭐?"

"남들이 뭐라고 해도 엄마만큼은 나를 장애가 있는 아이라고 생각하지 않으면 안 돼? 나를 배려하려고 하는 이런 행동들이 내가 다른 사람들과 다르다는 걸 더욱더 느끼게 만든단 말이야."

"내가 그렇게 하는 건……."

"알아. 엄마가 왜 그러는지. 하지만 들리지 않아도 TV 틀어놔도 되잖아. 눈으로 보기만 해도 즐거울 수 있어. 들리지 않는다고 해서 그 모든 걸 완전히 다 닫고 살아야 해? 장애가 있다고 해서 왜 포기부터 먼저 해야 하는 거야?"

"……."

"사고 난 이후에 엄마도 내가 포기하지 않게 하려고 그렇게 열심히 노력한 거잖아. 덕분에 나는 나를 포기하지 않았어. 그러니까 엄마도 내게 맞추느라고 일부러 다 포기할 필요는 없어."

"그런 게 아니라 혹시라도 네가 상처를 받을까 봐……."

"맞아. 내가 할 수 없는 부분을 느끼면 상처받을 수는 있어. 하지만 그렇게 될까 봐 미리 겁이 나서 시작조차 안 해보는 건 싫어. 그러면 내가 더 아무것도 할 수 없는 사람이 되잖아."

"현오야……."

"그래서 말이야. 엄마, 나 결정했어."

"결정?"

"나 다시 학교에 갈 거야."

내 결심을 들은 엄마의 눈이 단번에 커졌다.

"뭐? 현오야, 조금 더 신중하게 생각해 봐. 지금도 충분히 힘든데, 다시 학교에 가면 네 마음만 더 다치게 되지 않을까? 엄마는 그게 너무 걱정이 돼."

"엄마."

"그래, 현오야."

"나 해보고 싶어. 엄마가 그랬잖아. 나중에라도 후회가 남지 않는 쪽으로 결정하라고. 깊이 생각해 보고 스스로 내린 결론이야. 나 아직은 포기하고 싶지 않아."

"정말 괜찮겠어?"

"괜찮아. 내가 선택한 거니까. 씩씩하게 이겨내 볼게."

여전히 걱정스러운 얼굴로 나를 바라보는 엄마에게 마지막 내 진심을 전했다.

"예전에 엄마가 나에게 이런 말을 해준 적이 있어. 애쓰지 않아도 된다고……. 하지만 나는, 지금 애쓰는 게 아니라 한 번 더 용기를 내 보는 거야. 부딪혀 보고 그래도 안 되면 그때 포기해도 되는 거잖아. 두려워서 아무것도 시작하지 않으면 포기조차 할 수 없는 사람이 돼. 난 그렇게 되고 싶진 않아."

나의 진심이 닿았는지 엄마는 천천히 고개를 끄덕였다. 그리고 내 얼굴을 따뜻하게 어루만져 주었다.

"우리 현오가 언제 이렇게 다 큰 거야? 이제 엄마보다 더 어른 같아졌네. 너만 괜찮으면 엄마도 다 괜찮아. 엄마는 언제나 현오 편이니까."

세상에 내 편이 있다는 건 이렇게 힘든 하루도 이겨낼 수 있게 만드는 힘이었다.

"고마워. 엄마. 나도 이렇게 용기를 냈으니까 이제는 엄마도 나 때문에 미리 겁먹지 마. 우리 같이 용기를 내보자."

다시 수저를 들어 밥을 듬뿍 떠서 아까보다 더 맛있게 먹었다. 밥 한 그릇을 깨끗하게 비운 나는 그 어느 때보다도 밝고 힘차게 말했다.

"밥 맛있게 잘 먹었습니다!"

* * *

방으로 들어오니 나도 모르게 웃음이 계속 새어 나왔다. 달라진 내 모습이 새삼 놀라우면서도 괜스레 뿌듯하기도 했다. 혼자서 배시시 웃고 있던 내게 유리가 말했다.

[현오 너 다시 봤어. 은근 용감하네.]

"아니야. 소심할 때도 있어. 사실 며칠 전까지만 해도 다 포기하려고 했었거든."

[정말? 그럼 어떻게 용기를 냈어? 소리를 다시 들을 수 있게 돼서 용기가 생긴 거야?]

"음⋯⋯. 그것보단 선생님께서 내게 해주신 말씀이 떠올라서⋯⋯."

'조금은 더 용기를 내도 괜찮아. 현오는 잘할 수 있을 거야. 선생님은 믿어.'

학교에 가지 못하던 나를 다시 일으켜 세워 준 건 '진심'이라는 마법 덕분이었다. 나를 믿는다는 말이 한없이 아프던 마음을 어루만져주었다. 조금 더 용기를 내도 괜찮다는 위로가 어둠으로 숨으려고 했던 나를 밝은 빛이 있는 세상 밖으로 이끌어 주었다. 잘할 수 있을 거라는 따뜻한 응원이 내가 다시 힘을 낼 수 있게 도와주었다. 그날 선생님이 나에게 전한 모든 진심이 좋은 마법을 걸어줘서 유리도 나에게 와준 것만 같았다. 무엇보다 아프지 말고 씩씩하게 만나자던 선생님과의 약속을 꼭 지키고 싶었다. 내 마음의 변화를 유리도 궁금해할 것 같아서 선생님과 있었던 이야기를 다 말해주었다.

[정말 좋은 선생님이구나.]

"응. 학교에 가면 선생님 덕분에 용기를 냈다는 말을 꼭 전할 거야.

감사하다는 말도. 그래서 학교에 더 가고 싶은 마음도 들었어. 나를 믿어 주고 기다려 주는 누군가가 있으니까."

[그렇구나. 현오가 좀 부럽네.]

"내가 부럽다고? 뭐가?"

[현오 곁에는 좋은 선생님도 있고, 따뜻한 엄마도 있으니까. 나는 선생님이 있는 학교생활도 해본 적이 없고, 엄마 아빠와 함께한 시간도 길지 않아. 그래서인지 너와 엄마가 도란도란 이야기를 나누면서 밥을 먹는 모습이 참 부러웠어. 너를 믿어주는 엄마의 모습도……. 나도 너와 같은 사람이었다면 학교도 다니고, 엄마 아빠와 같이 오래 살 수도 있었을까?]

어쩐지 유리의 목소리가 슬프게 느껴졌다. 그 마음이 어떤 건지 알 것 같아서 조심스레 내 이야기도 털어놓았다.

"그랬구나……. 사실은 나도 아빠가 하늘나라에 있어서 엄마랑 단둘이 살고 있어. 사고가 나던 날, 아빠와 같이 차에 타고 있었거든……. 엄마가 슬플까 봐 앞에선 내색을 안 해도 사실은 아빠가 보고 싶고 그리울 때가 많아. 그나마 다행인 건 엄마가 곁에 있어서 힘들어도 지금까지 버틸 수 있었던 것 같아. 유리 넌 혼자 여기 남아서 많이 힘들고 외로웠겠다. 엄마가 보고 싶지는 않아?"

[아…… 현오 너에게도 아픈 사연이 있는 줄 몰랐어. 하루아침에 가족과 이별했을 때, 처음에는 몹시 힘들었어. 이제는 시간이 꽤 지나서 조금 괜찮아진 줄 알았는데, 오늘은 너와 엄마 사이가 유독 특별하게

보여서인지 나도 우리 엄마가 떠올랐어. 생각해 보니까 우리 엄마도 나를 위해서 뭐든 해줬던 것 같아. 항상 나를 지켜주고……. 잠시 그걸 잊고 있었네. 난 거미와 사람은 다르다고 생각했는데 오늘 보니 서로 비슷한 부분도 많더라. 사람이든 거미든, 부모와 자식 간의 사랑은 거미줄처럼 끈끈한 거구나.]

"오, 비유가 좋은데? 유리 네 말이 맞아. 그래서 더 포기하고 싶지 않아. 항상 나를 지켜주는 엄마를 위해서라도 내가 끝까지 해내는 모습을 꼭 보여주고 싶어."

[내 친구 꽤 근사하네. 아까 네 결정을 말했을 때도 되게 멋지다고 생각했어.]

유리가 칭찬을 해주니 괜스레 부끄러우면서도 은근히 기분은 좋아졌다.

"며칠 학교를 못 가니까 알겠더라. 이대로 그만두면 깊은 후회로 남을 거라는 걸……. 엄마의 말처럼 후회 없는 선택을 위해 오늘만큼은 용기를 내고 싶었어. 두려워도 내가 포기하지 않을 수 있었던 건 유리 너와 선생님의 격려 덕분이야. 그리고……."

[그리고?]

"학교에서 나를 처음 도와줬던 한 친구 덕분이기도 해."

[친구?]

"응. 나에게 위로와 응원의 말을 해준 친구가 있었거든."

[그런 좋은 말을 해주는 친구가 있어? 현오는 멋진 친구를 뒀구나.

살짝 샘이 나기도 하네. 나보다 좋은 친구가 있어서.]

"샘날 거 없어. 너도 진짜 좋은 친구니까. 내 이야기도 들어주고 내가 소리를 들을 수 있게 도와준 것도 유리 너잖아. 오래 힘들었던 나를 오롯이 이해해준 것 같아서 참 고마웠어."

[고맙긴 뭘. 현오야, 오늘 용기를 낸 건 정말 잘했어. 나까지 다 뿌듯하더라.]

"잘했다고 말해주니까 더 힘이 나는 것 같아."

[그래? 사람들은 말 한마디에도 힘이 날 수 있구나.]

"요즘 들어 상대방에게 어떤 말을 하는지가 얼마나 중요한지를 깨닫고 있어. 나쁜 말은 깊은 상처를 만들기도 하고 좋은 말은 내 안에 숨어 있던 용기도 나오게 만드니까."

[사람들에게 말이라는 건 매우 중요한 거였네.]

"응. 나도 그렇게 생각해."

[아! 맞다! 오랜만에 TV 소리를 다시 들어보니까 어땠어?]

유리의 말에 TV에서 나오던 노랫소리가 떠올라서 싱긋 미소가 지어졌다.

"무척 신기하고 놀라웠어. 다양한 사람들의 목소리가. 잠깐이었지만 그 소리를 전부 다 들을 수 있어서 좋았어. 귀가 들리기 전에는 TV에서 어떤 소리가 나올지 머릿속으로 상상만 했으니까. 아까 들은 소리 중에서 가장 기억에 남는 건 노래야. 귀가 다시 들리게 되면 하고 싶었던 일 중에 노래 듣기도 있었거든. 음악 시간에 나만 노래를 들을 수 없어서 속상하면서도 한편으로는 궁금하기도 했어. 노래란 어떤 걸까, 하고."

[나도 사람들이 노래 부르는 소리를 들은 적이 있어. 가끔씩 혼자 몰래 감상한 적도 있었지. 어떨 땐 신나는 느낌의 노래였고, 어떨 땐 슬픈 느낌의 노래였어. 그러고 보면 사람들은 노래로 자신의 감정을 표현하는 것 같기도 하더라. 거미는 그런 걸 할 수 없으니까 더 새로웠어.]

"노래로 감정을 표현한다……."

유리의 말을 들으니 예전부터 궁금했던 노래가 생각나서 컴퓨터로 검색을 해봤다. 언젠가 귀가 다시 들리게 된다면 꼭 들어보고 싶었던 노래가 있었다. 학교에서 아이들이 좋아하는 가수 이야기를 나눌 때면 남몰래 노래 제목의 입 모양을 외워뒀다가 집에 와서 노래를 검색해 보곤 했었다. 가사를 읽어보고 마음에 와닿는 노래는 어떤 멜로디일지 늘 궁금했다. 그랬던 내가 이제는 직접 노래를 들을 수 있게 되어서 정말 감격스러웠다. 그 노래의 제목은 '마음이 전하는 소리'였다.

"우와, 내가 상상했던 그대로야. 너무 좋다."

항상 괜찮은 척, 아무렇지 않은 척했지만, 가끔은 소리를 들을 수 없는 내 모습에 자신감이 떨어질 때도 있었다. 학교에 가면 남들 앞에서 당당하게 나를 보이고 싶다던 다짐도 여러 번 무너지곤 했다. 그때마다 이 노래의 가사를 읽으며 견뎠다. 스피커를 통해 잔잔하게 흘러나오는 멜로디가 내 마음속으로 스며들었다.

"진짜 노래를 듣는 것만으로도 위로가 되네."

내가 가장 마음에 들어 했던 가사 부분이 귓가에 들려왔다.

♪ 당신에게 날개를 선물해요. 힘껏 날아오를 수 있게.

푸른 하늘과 하얀 구름에 닿으면 세상을 향해 크게 외쳐요.

난 더없이 소중한 사람이라고.

그렇게 온 마음으로 전해요. 나만의 소리를. ♬

노래의 가사처럼 유리가 나에게 '소리라는 날개'를 달아주었다.

"유리야!"

[왜?]

"우리 내일은 같이 멀리 가보자!"

[어디에?]

"학교로!"

이제 나는 소리를 들으며 힘껏 날아오를 수 있게 됐다.

언제든 높이, 그리고 더 멀리.

6
새로운 '나'를 보여줄게

새 아침이 찾아왔다. 어젯밤에는 기대 반, 걱정 반으로 잠을 설쳤다. 혹시라도 나에게 일어났던 기적 같은 일이 신기루처럼 사라졌을까 봐 눈을 뜨자마자 다급하게 유리를 불렀다.

"유리야, 유리야! 아직 내 귀 안에 있어?"

질문을 던지고 잔뜩 긴장하고 있던 나에게 반가운 목소리가 들려왔다.

[아침 인사가 참 요란도 하네. 현오야, 작게 말해도 다 들려.]

다행히 꿈이 아니었다. 뒤이어 유리의 귀여운 웃음소리까지 귓가에 들려오자 안도감이 들면서 새삼 기분이 좋아졌다.

"아직 내 귀 안에 있었구나. 정말 다행이다. 고마워, 유리야."

[아침부터 쑥스럽게 고맙긴. 아! 오늘부터 다시 학교에 가는 거야?]

"응! 당연하지!"

씩씩하게 대답을 한 나는 오늘 아침 햇살처럼 환하게 웃어 보였다.

[활짝 웃으니까 보기 좋네. 현오야, 지금 네 모습처럼 언제 어디서나 힘을 냈으면 좋겠어. 그럼 뭐든지 잘 해낼 수 있을 거야.]

"고마워. 그 말 꼭 기억할게. 오늘 내가 잘 해내는 모습도 유리 너에게 보여줄 거야."

"오! 기대가 되네. 나뿐만 아니라 모두에게 보여 주자. 현오의 달라진 모습을."

"OK!"

방을 나와서 주방으로 향했다. 아침밥을 차리던 엄마에게도 경쾌하게 인사를 건넸다.

"엄마, 좋은 아침!"

평소보다 활기찬 목소리에 엄마가 놀라는 표정으로 나를 돌아봤다.

"현오야, 오늘 좋은 일 있어?"

"새로운 마음으로 학교에 다시 가는 날이잖아. 엄마, 나 믿지?"

"엄마는 당연히 우리 현오를 믿지."

"응. 지금처럼 엄마가 믿어주기만 하면, 난 뭐든지 할 수 있어. 나는 엄마의 기적이니까!"

활짝 웃는 나를 보고 엄마의 얼굴에도 햇살 같은 미소가 번졌다.

"그래. 오늘 아침에 우리 현오가 더 멋있어졌네."

* * *

학교 정문에 도착했다. 엄마가 나를 따라 차에서 내리려고 할 때, 나는 고개를 저었다.

"엄마, 여기서부터는 나 혼자서 갈게."

"그래도 오랜만에 왔는데 오늘만 교실까지……."

나는 엄마가 내게 자주 보이던 표정을 지었다. 그건 간절히 부탁할 때 나오는 표정이었다.

"엄마, 나 정말 잘할 수 있어. 여기서부터 혼자 가보고 싶어서 그래."

나의 굳은 결심을 이해한 엄마는 고개를 끄덕였다.

"그래. 현오야. 혹시라도 무슨 일이 생기면 엄마에게 바로 연락해. 그러면 엄마가 최대한 빨리 달려올게."

"알겠어. 엄마. 고마워."

엄마도 나만큼이나 큰 결심을 해줬다는 걸 알고 있다. 걱정하지 말라는 뜻으로 엄마에게 한쪽 눈을 찡긋해 보이고는 차에서 내렸다. 그리고 당당하게 학교 정문으로 향했다. 처음으로 나 혼자 힘찬 발걸음을 내딛은 것이다.

"할 수 있어! 이현오!"

수상한 거미소년

내가 두 주먹을 불끈 쥐고 다짐의 말을 외치자 유리도 나에게 응원의 말을 해줬다.

[현오야, 잘해! 파이팅!!]

교실까지 올라가는 동안 내 심장은 쉴 새 없이 쿵쾅거렸다. '할 수 있다'를 몇 번씩 말하면서 계단을 한 층씩 올라갔다. 교실 앞에 도착해서 크게 심호흡을 한 번 하고, 닫혀 있던 문을 활짝 열었다. 며칠 동안 보이지 않았던 내가 다시 등장하니 반 아이들이 아주 불만스러운 눈빛으로 나를 쳐다봤다. 긴장한 티를 내지 않으려고 일부러 성큼성큼 걸어 나가자 내 뒤에서 낯선 목소리들이 들려왔다.

"한동안 안 보여서 속이 다 시원했는데 또 왔잖아. 에이. 짜증 나."

"학교 그만둔 거 아니었어? 아깝다."

"뭐야, 귀머거리 다시 온 거야? 젠장."

"장난감 왔으니까 한번 놀아볼까?"

"그래. 심심했는데 재밌겠다."

"쟤 못 가게 뒤에서 세게 붙잡아!"

좋은 말은 아니었어도 내 귀에 들려오는 새로운 소리들이 그저 신기하기만 했다. 여러 아이들의 목소리와 함께 내 뒤를 따라서 급하게 달려오는 발걸음 소리가 들렸다. 점점 그 소리가 커지며 나에게 가까워진 것을 느꼈을 때, 나는 기다렸다는 듯이 몸을 홱 뒤로 돌렸다.

"잡긴 뭘 잡는다는 거야!"

크게 소리치자 바로 내 뒤까지 바짝 와 있던 민기와 희준이가 화들짝 놀라면서 뒤로 쿵 하고 바닥에 넘어졌다.

"아야! 뭐, 뭐지!"

"아이 씨. 아파! 귀, 귀머거리 너, 너…… 도, 도대체 어떻게 안 거야?"

당황한 희준이가 말을 심하게 더듬었다.

'아, 희준이의 목소리는 이랬구나.'

늘 상상만 했었다. 나쁜 짓을 하는 희준이는 어떤 목소리일까 하고. 나에게 하는 고약한 행동들을 생각하면 듣기 싫은 소리일 줄 알았는데 실제 목소리는 생각했던 것보다 나쁘지 않았다. 민기가 바지를 탁탁 털며 자리에서 먼저 일어나더니 넘어진 희준이를 일으켜 세우며 말했다.

"저 귀머거리 녀석 방금 뭐야? 꼭 들은 것처럼 뒤를 딱 맞춰서 돌아봤어. 우리가 말하는 소리가 들리지도 않을 텐데 좀 이상하지 않아?"

희준이가 분했는지 쾅 소리가 나도록 옆에 있던 책상을 세게 내리쳤다.

"와, 열 받아. 이게 진짜 아침부터 짜증 나게!"

씩씩대며 화를 내는 희준이를 보니 내 얼굴도 잔뜩 찌푸려졌다.

"아침부터 짜증 나는 행동을 한 게 누군데? 희준이 넌 오늘이 처음이겠지만 나는 매일 그랬어. 나를 괴롭히는 너희들 때문에!"

평소와 다르게 당당히 말하는 내 모습을 본 희준이와 민기의 얼굴이 새하얗게 질렸다.

"서, 설마 내 말을 다 들은 거야?"

"뭐지? 대체 어떻게 알아들은 거야?"

"혹시 보청기로 들은 거 아니야?"

"그럴 리가 없잖아. 이제까지 못 알아들었는데 갑자기 이렇게 들을 수 있다고? 며칠 사이에 귀머거리한테 대체 무슨 일이 있었던 거지?"

모두에게 보란 듯이 큰 소리로 외치고 싶었다. 지금 내 귀가 또렷하게 다 들린다고. 제대로 놀라게 해주면 내 속이 뻥 뚫려 시원해질 것 같았다. 하지만 유리가 해준 말이 있어서 그럴 순 없었다. 대신 모두를 놀라게 할 다른 말을 꺼냈다.

"사실 나 다 알고 있어. 이제껏 너희가 나에게 어떤 나쁜 말을 했는지. 어떨 땐 심한 욕까지 한다는 것도."

내 말을 들은 아이들이 여기저기서 웅성거리기 시작했다. 뜻밖의 충격을 받은 듯 소리를 지르는 아이도 있었다. 모두가 경악하는 상황에서도 나는 전혀 개의치 않고 하고 싶었던 말을 차분히 이어갔다.

"너희는 내가 모르는 줄 알았지? 나에게는 들리지 않아도 알 수 있는 방법이 있어!"

"뭐라고?"

희준이와 민기가 또 한 번 놀라서 입을 떡 벌렸다. 그 모습을 보니 조금은 고소했다.

"귀가 들리지 않는다고 해서 아무것도 모르는 건 아니야. 나쁜 행동은 절대 숨겨지지 않아. 그동안 너희가 괴롭힐 때마다 내가 얼마나 힘들었는지 알아? 이제는 나를 함부로 대하지 마!"

말을 하고 보니 속이 다 후련해졌다. 반대로 희준이는 분에 못 이겨 씩씩대더니 옆에 있던 의자를 발로 세게 걷어찼다. 그러자 의자가 큰 소리를 내며 꽈당 넘어졌다. 나에게 겁을 주려는 못된 행동이었다.

"이게 어디서 거짓말이야? 내가 그 말을 믿을 것 같아? 이거처럼 오늘 제대로 혼내줄까?"

희준이가 욱해서 소리를 지르며 주먹을 올렸다. 나는 당하지 않고 잽싸게 막았다. 그리고 더는 나쁜 행동을 하지 못하게 두 손으로 희준이의 양팔을 움켜잡았다.

"야! 이거 안 놔? 놓으라고!"

"나도 더 이상 참지 않을 거야! 희준이 너! 학교 폭력 좀 그만해!"

멋지게 경고를 날리고 잡았던 손을 세차게 내리자 희준이가 휘청하며 또다시 넘어질 뻔했다. 우리 반에서 제일 힘이 센 희준이가 뒤로 밀리는 모습을 지켜본 민기는 크게 놀라고 당황해서 말을 더듬기 시작했다.

"폭, 폭력 같은 소, 소리 하네. 그, 그냥 자, 장난치는 건데 지, 지금 무슨 소리 하는 거야?"

그 말에 울컥해서 민기의 눈을 똑바로 보고 말했다.

"장난? 너희가 나에게 하는 건 장난이 아니라 괴롭히는 거야. 나는 단 한 번도 즐거운 적이 없었어. 장난은 상대가 기분 나쁘지 않은 정도까지야. 민기 너도 알고 있잖아. 너희가 나에게 한 건 장난이 아니라

정확히 학폭이라고!"

"학폭? 이게 지금 우리더러 뭐라는 거야? 귀머거리 주제에."

지지 않으려고 큰소리를 치는 희준이와 달리 민기의 얼굴에는 식은땀이 주르륵 흘러내렸다.

"희, 희준아, 쟤가 언제부터 저렇게 말을 잘한 거야? 그것보다 진짜 다 알아듣는 것 같아. 어떡해⋯⋯. 이제 선생님한테 다 말하면 우리 큰일 나잖아."

당황하는 민기의 반응이 더 기분 나쁘다는 듯 희준이가 있는 대로 신경질을 부려댔다.

"아이 씨, 너까지 짜증 나게 왜 그래? 쟤가 우리가 한 이야기를 어떻게 알아? 말도 안 되잖아! 너도 귀머거리처럼 바보가 됐냐? 씨. 열받게 하네."

희준이의 기분 나쁜 말에 민기도 얼굴이 빨갛게 달아오르며 발끈했다.

"혹시 모르잖아. 근데 희준이 너도 좀 짜증 난다. 내가 무슨 말만 하면 왜 무조건 아니라고 하는 거야? 왜 내 말은 다 무시해? 게다가 나한테 바보라고?"

"지금 그게 중요해? 안 그래도 귀머거리 때문에 화나는데 너까지 거슬리게 굴지 마."

"야! 너 말이 좀 심하다? 거슬리다니! 내가 저 귀머거리인 줄 알아? 내가 네 부하냐고!"

"지금 한판 붙자 이거야? 귀가 안 들리는데 어떻게 알아들어? 생각 좀 해. 완전 멍청하네."

"뭐? 말 다 했어? 내가 말을 안 해서 그렇지, 평소에도 나보다 네가 훨씬 더 바보 같거든? 진짜 멍청이는 바로 희준이 너야, 이 멍청아!"

"와, 오늘은 진짜 못 참겠다. 민기 너 가만 안 둬!"

희준이와 민기 사이가 금방이라도 싸울 듯이 화르르 불이 붙었고, 그런 둘의 모습이 한심해 보였다.

"둘이서 싸울 필요 없어. 너희가 궁금해하는 사실을 내가 말해줄 테니까. 귀로 듣지 않아도 여러 방법으로 상대의 말을 알아들을 수 있어. 상대의 표정을 읽을 수도 있고, 입 모양을 읽을 수도 있어. 그래서 방금 너희 둘이서 말싸움 한 것도 알게 됐어. 나한테 멍청하다고 그렇게 놀리더니, 방금은 너희끼리 멍청하다면서 싸웠지? 봐! 다 알아듣는 것 맞잖아. 이제 믿겠어? 그래도 정 못 믿겠으면 내 앞에서 무슨 말이든 해봐. 너희가 말하는 입 모양을 내가 다 맞춰 보일 테니까."

말문이 턱 막힌 희준이와 민기는 어쩔 줄 몰라 했다. 그런 둘을 뒤로하고, 우리를 구경하고 있던 반 아이들을 향해서 나는 당당하게 큰 목소리로 말했다.

"너희도 들었지? 그러니까 누구든 나를 바보 취급하거나 괴롭히지 마! 나에게 얼마나 심한 욕을 하는지 전부 다 알고 있으니까! 너희와 조금 다르다는 이유로 마음대로 무시하지 말라고!"

이제야 내 안에 숨어 있던 용기를 되찾았다. 새로운 내 모습에 교실

이 들썩거렸다. 오랫동안 나를 괴롭히던 애들과 그 모습을 모른 척했던 다른 애들까지도 온통 내 이야기를 하고 있었다.

"들었어? 현오가 입 모양을 읽는대!"

"대박! 입 모양을 읽는 게 가능해?"

"우와. 그런 건 어떻게 하는 거지? 완전 신기하다!"

"방금 희준이 당하는 거 봤어? 헐, 희준이가 밀리다니.

"그치? 나도 보고 놀랐어. 쟤 며칠 새 완전히 딴사람이 된 것 같아."

"야! 그러면 우리가 놀리는 말도 다 알고 있었다는 거잖아? 이야, 반전이네."

"완전 소름. 알면서 계속 모른 척한 거야? 나 같았으면 엄청 화냈을 텐데."

"희준이랑 민기 이제 진짜 큰일 났네. 귀머거리 엄청 괴롭혔으니까."

"그러는 너도 괴롭혔으면서. 방금도 귀머거리라고 하고."

"야! 입 다물어. 너는 안 그랬어?"

"웃겨. 너도 마찬가지거든? 넌 더 심하게 놀렸으면서."

"조용히 해. 현오 들을 수도 있잖아."

"와, 너 지금 이름으로 부른 거야? 현오라고? ㅋㅋㅋ"

"뭐, 뭐래. 네가 귀머거리라고 부르지 말라며?"

"어쨌든 오늘 여러모로 대박 사건이네. 나도 오늘 현오 다시 봤어."

"쳇. 자기도 이름 부르면서."

반 아이들의 반응도 저마다 다양했다. 신기해하거나 서로 잘못을 미루며 실랑이를 하고 있었다. 더 놀라운 건 아이들 입에서 내 이름이 나왔다는 거다. 정확히 나를 '현오'라고 불렀다. 내심 기분이 좋았다. 그런 아이들의 반응에 잔뜩 예민해진 희준이가 갑자기 버럭 소리쳤다.

"뻥 치고 있네! 입 모양을 어떻게 읽어? 학교 안 오던 며칠 동안 거짓말만 늘었어? 내가 그 말을 믿을 것 같아? 아깐 바로 말할 타이밍을 놓친 것뿐이야. 네가 너무 어이없는 말을 해서."

여전히 자신의 잘못을 인정하고 싶지 않은 희준이의 말에 민기도 언제 싸웠냐는 듯 희준이 옆에서 얄밉게 거들었다.

"희준이 말이 맞아. 그렇게 말도 안 되는 걸 누가 믿어?"

끝까지 억지를 부리는 둘에게 나는 단호하게 말했다.

"안 믿어도 상관없어. 하지만 지금 너희가 하는 말에 내가 글씨도 보지 않고 바로 대답하는 것만 봐도 알 수 있잖아. 다 알면서 모르는 척하지 마. 누군가를 괴롭히는 건 절대 용서받기 힘든 일이라는 걸, 우린 모두 다 알고 있어. 그러니까 다른 사람에게 상처 주는 거 그만해."

자신들의 잘못을 알려줘서 창피했는지 희준이와 민기의 얼굴이 순식간에 빨갛게 달아올랐다. 옆에서 신나게 구경 중이던 다른 아이들을 보면서 나는 한 번 더 큰 소리로 외쳤다.

"그리고 너희들! 친구가 괴롭힘 당하는 걸 알면서도 모른 척하는 건 더 나쁜 거야! 지금처럼 따돌리는 모습을 구경하고 재밌어하는 건 더욱 큰 잘못이라고!"

수상한 거미소년

방금까지 수군수군하던 아이들이 내 말을 듣고서 한순간에 조용해졌다. 그저 서로의 눈치를 보기 바빴다. 그때, 유리의 목소리가 들려왔다.

[현오야. 정말 잘했어. 용기 내는 네 모습 참 멋있다.]

* * *

다음 날, 쉬는 시간이 되자 아이들은 삼삼오오 모여서 나에 대한 이야기를 나누었다. 하루가 지났는데도 여전히 뜨거운 화젯거리였다. 다행인 건, 얼마 전까지 퍼붓던 무서운 악플 같은 말이 아니라는 점이다. 내가 말을 너무 잘해서 놀랍다거나, 귀가 아닌 다른 방법으로 말을 알아듣는 게 신기하다는 내용이 대부분이었다. 대화 중에 '현오'라는 내 이름도 종종 들려왔다. 그 모든 걸 내 귀로 또렷이 들을 수 있어서 기뻤다. 저마다 다른 소리들이 내 귓가에 닿을 때마다 짜릿한 기분이 들었다. 소리를 들으며 살짝 웃고 있던 내게 귓속에서 유리가 말했다.

[와, 현오 너 유명해졌네. 앞으로도 멋진 모습 자주 보여줘.]

유리의 칭찬을 들으니 문득 소희가 떠올라서 아쉬운 마음이 들었다. 사실 달라진 내 모습을 제일 보여주고 싶었던 사람은 소희였기 때문이다.

'소희도 있었으면 좋았을 텐데…….'

어제도 오늘도 소희는 등교를 하지 않았다. 여전히 아파서 학교에 오지 못한다는 소식을 선생님에게 전해 듣고 속으로 걱정이 됐다.

'많이 아픈가 보네. 소희가 얼른 괜찮아져야 할 텐데⋯⋯.'

나도 아파서 며칠 동안 학교를 결석하긴 했지만, 소희는 나보다 더 오랜 시간 학교에 오지 못하고 있어서 불안했다. 그런 내 마음을 들은 유리가 물었다.

[아⋯⋯. 소희라는 아이가 네가 말했던 친구야? 이름이⋯⋯.]

"그 친구 맞아. 근데 이름이 왜?"

[아, 아무것도 아니야. 현오야, 너무 걱정하지 마. 너에게 용기를 준 친구니까 아픈 것도 잘 이겨낼 거야. 소희가 오기 전까지 현오 네가 씩씩하게 학교생활을 하고 있으면, 그 친구가 돌아왔을 때 더 기뻐하지 않을까? 용감하게 바뀐 네 모습을 보면 소희도 함께 힘을 얻을 수도 있고.]

자연스레 고개가 끄덕여졌다. 유리의 말이 맞다. 내가 힘없이 있는 것보다는 당당하게 학교생활을 해내야 소희에게도 든든한 친구가 될 거라는 생각이 들었다.

'소희야, 네 몫까지 내가 잘하고 있을게. 네가 다시 학교에 왔을 때, 달라진 나를 보고 밝게 웃을 수 있게.'

항상 힘들어했던 음악 수업이 시작됐다. 예전에는 수업 내내 걱정만 가득했는데, 오늘은 확실히 달랐다. 영상에서 나오는 노래의 멜로디가 또렷하게 귀에 들렸기 때문이다.

'와, 이 노래도 정말 좋다. 힘들었던 음악 시간이 이렇게 좋아질 수

도 있구나.'

음악 시간에 노래를 들을 수 있어서 가슴이 벅차올랐다. 꿈에 그리던 순간이니까. 이젠 친구들처럼 립싱크를 하지 않고 노래를 따라 부를 수 있게 된 것도 더없이 좋았다. 기쁜 마음에 가사를 보면서 혼자 노래를 흥얼거렸다. 그 소리를 들은 희준이가 심술이 가득 찼는지 나를 비꼬며 말했다.

"들리지도 않는 게 뭘 알아듣는다고 부르는 시늉이야? 진짜 웃기지도 않네. 쳇."

그때, 유리가 귀 밖으로 나왔다. 내 어깨 위에 사뿐히 자리를 잡고는 새총을 쏘듯이 희준이를 향해 거미줄을 힘껏 쏴버렸다.

"아야!"

거미줄은 정확히 희준이의 이마에 명중했다. 갑작스러운 공격에 화들짝 놀란 희준이가 소리를 지르며 자리에서 벌떡 일어났다. 이내 주위를 두리번거리더니 마구 신경질을 냈다.

"뭐야? 방금 뭐가 날아온 거지? 누구야? 아이 씨, 완전 짜증 나!"

빨개진 이마를 문지르며 희준이가 씩씩거렸고, 귓속에서 유리의 통쾌한 웃음소리가 들려왔다. 유리의 귀여운 복수에 나도 덩달아 웃음이 나왔다. 모두에게 더 보란 듯이 크게 소리 내며 노래를 따라 불렀다. 희준이와 민기가 뒤에서 계속 나쁜 말을 툭툭 던져댔지만, 나는 아무렇지도 않았다. 그렇게 음악 시간이 끝났다. 긴장하지 않고 식은땀도 흘리지 않은 음악 시간은 오늘이 처음이었다. 수업이 다 끝나자 선생님이 나를 따로 불러냈다.

"현오야, 음악 시간에 노래를 잘 부르더구나. 평소와 다르게 노래 부르는 네 목소리가 멀리서도 잘 들렸어. 그런데 선생님이 궁금한 게 있는데 물어봐도 괜찮겠니?"

"네. 선생님."

"현오는 노래의 음을 어떻게 알았어? 오늘은 어떻게 노래를 따라 부를 수 있었던 거야?"

예상했던 질문이 아니라서 바로 대답할 수가 없었다. 나는 잠시 생각하다가 대답 대신 선생님에게 되물었다.

"선생님, 제가 노래를 부를 때 소리 없이 입 모양만 벙긋거린다는 걸 알고 계셨어요?"

선생님은 난처한 표정을 지어 보였다.

"아…… 그게…… 사실은 알고 있었던 건 맞아. 전에 말한 것처럼 내가 물어보면 혹시 너에게 상처가 될지도 모른다는 생각에……. 현오가 하기 싫은 말일 수도 있으니까……."

조퇴하던 날, 나는 선생님이 나를 생각하는 마음을 알게 됐다. 그래서 지금 선생님의 말뜻도 이해가 됐다. 더는 미루지 않고 오늘은 혼자 오해했던 부분에 대해 선생님과 대화를 나누고 싶었다.

"네, 선생님. 저를 위해 배려해 주셨다는 거 이제는 알아요. 저희 엄마도 그럴 때가 있거든요. 하지만 그런 배려가 오히려 저의 장애를 더 신경 쓰이게 해요. 모두가 저를 부족한 사람으로 먼저 생각하고, 제가

할 수 있는 것도 장애가 있어서 아무것도 못 할 거라는 편견을 가져요. 그런 편견에 부딪힐 때마다 용기가 사라져서 제가 점점 더 작아져요."

"현오야……."

"그래서 긴 시간 동안 제 생각을 말할 수가 없었어요. 괜히 남들에게 피해가 될까 봐 걱정이 되기도 했고, 학교에서는 아무도 저를 제대로 알려고 하지 않는다고 생각했어요. 저의 의견을 물어보는 사람이 한 명도 없었으니까……. 전 그냥 '이현오'일 뿐인데 모두가 저를 장애인으로만 바라보는 시선이 너무 힘들었어요."

"……그랬구나. 선생님이 거기까지는 미처 생각을 못 했네. 미안하다. 현오야."

"아니에요. 선생님, 오히려 제가 더 죄송해요. 이 말을 꺼낸 이유는 선생님께 사과를 드리고 오해를 풀고 싶어서예요.

"사과?"

"네. 사실은 저 혼자 선생님을 오해하고 있었어요. 평소에 선생님께서 아무것도 묻지 않으셔서 저에게 관심이 없으신 줄 알고……. 때론 속상한 적도 있었고, 선생님께 서운한 마음을 가진 적도 있어요. 죄송해요, 선생님."

"아…… 듣고 보니 현오 입장에서는 그렇게 받아들일 수도 있겠구나. 의도치 않게 현오를 속상하게 한 것 같아서 선생님이 미안해. 그럼에도 오늘 이렇게 이야기해 줘서 고맙고. 선생님도 이젠 현오의 마음을 알 게 됐으니까. 음……. 방금 이야기를 들으면서 한 가지 궁금한 게 생겼는데, 혹시 어떤 계기로 생각을 바꾸게 된 건지 물어봐도 될까?"

"조퇴하던 날, 선생님과 대화를 나누고 나서 제가 잘못 생각하고 있었다는 걸 깨달았어요. 이제는 알 것 같아요. 선생님만의 방법으로 저를 많이 신경 써주셨다는 걸요. 그리고 제가 먼저 마음을 열고 생각을 전해야 서로 오해가 쌓이지 않는다는 것도요."

선생님은 내 말에 고개를 끄덕였다.

"솔직하게 다 말해줘서 고맙구나. 현오도 대견하게 용기를 냈으니까 선생님도 솔직히 말할게. 사실은 선생님도 어떤 방법이 현오에게 좋을지 잘 많이 고민했었어. 내가 무심코 하는 행동이나 말이 행여 너에게 상처가 되진 않을까 하는 걱정도 있었거든. 현오의 힘든 부분에 대해 아예 말을 꺼내지 않는 게 너를 위한 배려일 거라고 생각했는데, 지금 보니 그게 아니었나 봐. 내 나름대로는 신경을 쓴 거였지만 정작 현오에게는 선생님이 여러모로 부족했구나."

"아니에요, 선생님. 부족하지 않아요. 저는 선생님 덕분에 정말 중요한 걸 알게 됐어요. 이렇게 서로의 생각을 대화로 나누면 상대의 마음을 이해할 수 있다는 걸요. 내가 좋은 마음이 있어도 표현하지 않으면 모를 수밖에 없잖아요. 그래서 지금 선생님께 제 마음을 전하는 거예요. 오늘 제가 용기를 낼 수 있었던 것도 그날 선생님께서 해주신 말씀이 큰 힘이 됐기 때문이에요."

얼마 전까지만 해도 나는 선생님과 진솔한 대화를 나눌 생각을 하

수상한 거미소년

지 못했었다. 그랬던 내가 지금은 달라졌다. 혼자 숨기지 않고 마음을 활짝 여는 내 모습이 그저 신기하고 놀라웠다.

"내가 해줬던 말?"

"네. 선생님께서 제게 아무나 할 수 없는 일을 하고 있으니 조금은 더 용기를 내도 괜찮다는 말씀을 해주셨잖아요. 저를 믿는다고도 해주셔서 깊은 감동도 받았어요. 저에게 관심을 가지고 계셨다는 것을 표현해 주셔서요. 선생님의 진심이 담긴 말씀이 제 안에 숨어 있던 용기를 꺼낼 수 있게 만들어줬어요. 제가 학교에 다시 온 것도, 오늘 노래를 부르게 된 것도, 저의 목소리와 생각을 표현하게 된 것도, 전부 다 저에게는 큰 용기를 내야 하는 일이었지만, 선생님께서 해주신 따뜻한 말 한마디가 저를 바꿀 수 있게 도와줬어요. 감사합니다, 선생님."

어느새 눈시울이 붉어진 선생님은 나를 포근하게 감싸 안아주었다.

"오늘 선생님이 현오에게 더 큰 것을 배웠구나. 나도 고맙다. 현오야."

7
고민은 함께 나누는 거야

체육 시간이 됐다. 원래는 나에게 두려운 수업 시간이지만 오늘만
큼은 기대가 됐다. 학교에 오기 전에 유리가 내게 해준 말이 있었기 때
문이다.

[현오야, 내가 귓속에 있어서 지금 넌 다른 사람보다 몇 배는 더 소
리가 잘 들릴 거야. 예를 들자면 공이 휙 하고 날아오는 소리가 들릴
때 눈보다 귀가 예민하게 반응해서 훨씬 또렷하고 정확하게 들리는
거지. 거미의 운동신경까지 너에게 전해져서 더욱 날렵하게 움직일 수
있을 거야. 그러니까 오늘 체육 시간은 걱정하지 않아도 돼. 나만 믿
어!]

자신을 믿으라는 유리의 말에 새로운 내 편이 생긴 것 같아서 든든했다.

'그래. 나에겐 유리가 있어. 더는 겁내지 않아도 돼.'

오늘은 체육 시간에 강당에서 배드민턴을 하게 되었다. 배드민턴은 서로 마주 보면서 일대일로 하는 운동이라 평소에도 어느 정도는 할 수 있었다. 특히 오늘은 귀까지 들리니 훨씬 잘할 수 있을 것 같았다.

'이현오! 정말 멋지게 해내자! 모두가 깜짝 놀랄 정도로.'

그런데 솟아오르던 자신감도 잠시, 내 상대를 보고 덜컥 걱정이 됐다. 하필이면 우리 학교 배드민턴 대표인 지효였다. 어릴 적부터 배드민턴을 배워서인지 우리 반 아이들 중에서도 실력이 제일 뛰어났다. 지효는 잠시 망설이는 나를 보며 인상을 세게 찌푸렸고, 곧바로 엄지손가락을 아래로 내리면서 있는 대로 짜증을 부렸다.

"우~~~ 진짜 열 받네. 내가 저런 귀머거리를 상대해야 하다니."

이제는 아이들이 귀머거리 대신 현오라는 내 이름으로 불러줘서 좋았는데, 지효는 여전히 나를 귀머거리라고 말해서 기분이 상했다.

"아이 씨. 완전 자존심 상해. 쟤랑 하기 싫어. 짜증 나."

지효는 계속해서 나쁜 말을 쏟아냈다. 코트 안의 신나는 공 소리를 기대했던 나는 또다시 악플 같은 말이 들려오자 불쑥 화가 올라왔다.

'나를 얕잡아 본 걸 후회하게 될 거야!'

지효 역시 절대로 지지 않겠다는 듯 나에게 선전포고를 했다.

"귀머거리, 각오해! 그 코를 납작하게 만들어줄 테니까."

그 순간, 셔틀콕이 공중으로 떠오르더니 나를 향해서 날쌔게 날아오는 모습이 보였다. 유리가 말한 대로 셔틀콕이 움직이는 소리가 또렷하고 정확하게 느껴져서 몸이 자동으로 반응했다. 점프를 하니 유리의 운동신경 덕분에 내 몸이 가볍게 날아오르듯 평소보다 월등히 높이 올라갔다. 그대로 맞은편을 향해 세게 맞받아치자 셔틀콕은 눈 깜짝할 사이에 지효 옆으로 슝 하고 지나서 바닥에 툭 떨어졌다.

"인! 현오 득점!"

선생님이 큰 소리로 외치면서 스코어 판에 점수를 표시했다. 나는 기뻐서 어쩔 줄 몰랐다. 그 모습을 본 아이들은 깜짝 놀라서 두 눈이 휘둥그레졌다.

"대박! 방금 봤어? 현오 엄청 빠르잖아!"

"뭐지? 믿을 수가 없어. 도대체 어떻게 된 거야?"

"그러게. 지효는 우리 학교 배드민턴 대표잖아. 그런데도 현오가 지효를 이겼다고?"

"말도 안 돼. 이게 무슨 어이없는 상황이야?"

방금 일어난 상황을 도저히 믿지 못하겠다는 듯 여기저기서 웅성거렸다.

[현오야, 방금 최고였어!]

유리의 칭찬을 받은 나는 기분이 좋아져서 어깨를 으쓱해 보였다. 반대편에 서 있던 지효는 자존심이 상해서 얼굴이 홍당무처럼 빨개졌다.

"야! 우연으로 한 번 쳤다고 우쭐대지 마! 내 실력 아직 다 꺼낸 거 아니야. 내가 제대로 치면 너 같은 건 상대가 안 된다고. 두고 봐."

"우쭐댄 적 없어. 나도 내 실력 완전히 제대로 보여줄게. 우연이 아니라는 걸."

그 뒤로도 나는 두 발에 날개를 단 듯이 강당을 높이 날아다녔고, 마침내 큰 점수 차이로 지효를 이겼다. 체육 시간마다 나를 비웃었던 모두에게 보란 듯이. 오늘의 영광은 나에게 '소리라는 날개'를 달아준 유리 덕분이었다.

"와, 현오가 언제 저렇게 배드민턴을 잘했어?"

"그러게. 어떻게 지효를 이기지? 우리 반에서 배드민턴 1등인데."

"맞아. 아직까지 우리 반에서 지효 이긴 애 아무도 없었잖아."

내 실력을 인정하는 말이 들려오자 속으로 매우 기뻤다. 하지만 그 기쁨은 길지 않았다. 선생님이 잠시 자리를 비우자 다시 아이들은 칭찬보다는 비난을 하기 시작했다.

"지효 진짜 쪽팔리겠다. ㅋㅋㅋ"

"우~~ 지효 너 학교 대표 자리 내려놔! 다른 사람도 아니고 귀머거리한테 질 수가 있냐?"

"뭐지? 지효 진짜 짜증 날 정도로 못하네. 응원한 내가 다 쪽팔린다."

"알고 보면 지효 배드민턴 실력 다 거품이었던 거 아니야? 이제야 들통 난 거지."

"학교 대표라고 잘난 척하더니 꼴좋다. ㅋㅋㅋ"

예전이었으면 아이들의 비꼬는 말들이 전부 다 내 차지였을 텐데, 배드민턴 시합 한 판으로 지금은 비난의 대상이 지효가 되고 말았다. 계속해서 귀에 들려오는 험담에 내 마음도 점점 불편해졌다. 아이들의 야유와 악담을 듣고 있던 지효는 결국 울음을 터트렸다.

'이러려고 경기에서 이긴 게 아니었는데…….'

서럽게 울면서 강당을 뛰쳐나가는 지효의 뒷모습을 보니 이겼어도 기분이 썩 좋지 않았다. 그 와중에도 아이들은 비웃고 욕하는 것을 멈추지 않았다. 당하는 기분이 어떤 건지 누구보다 잘 아는 나는 더 이상 참을 수가 없었다.

"다들 그만 좀 해! 뒤에서 친구 욕하는 거 부끄럽지도 않아?"

내가 크게 소리치자 아이들이 다 같이 나를 쏘아보더니 지효가 사라진 자리에 나를 다시 밀어 넣었다. 험담의 대상으로.

"쟤 지금 뭐라는 거야? 재수 없어."

"친구는 무슨. 우리가 왜 부끄러워야 해? ㅋㅋ"

"지효 한 번 이겼다고 지가 뭐라도 되는 줄 아나?"

"웃겨, 진짜. 우리가 자기 편 들어준 줄 아나 봐. 꼴값 떨고 있네."

"이름 불러줬더니 조금 친해진 줄 아나? 착각하지 말라 그래."

"말 좀 알아듣는다고 왜 저렇게 나대는 거야? 웃긴다."

"맞아. 그래봤자 귀머거리인 건 마찬가진데. ㅋㅋㅋ"

마지막 말을 듣고서 나도 모르게 두 주먹을 꽉 쥐었다. 지금 이 순간만큼은 귀가 들리는 게 마냥 좋지만은 않았다. 끝나지 않는 아이들의 악담에 머리가 지끈거렸다. 화가 부글부글 끓어올라서 쉴 새 없이 나쁜 말을 내뱉는 아이들을 향해 있는 힘껏 소리쳤다.

"그래! 나 귀 안 들려! 근데 장애가 있는 게 뭐 어때서? 적어도 나는 남을 괴롭히고 낄낄대는 못된 행동은 안 해. 너희는 나보다 잘났다면서 왜 그렇게 나쁜 짓만 해? 그게 더 부끄러운 거 아니야?"

시끌벅적하던 주위가 한순간에 조용해졌다. 서로 눈치만 살피던 아이들 속에서 잔뜩 인상을 쓴 희준이가 앞으로 걸어 나왔다.

"어이가 없네. 그렇게 맘에 안 들면 너와 똑같이 장애인 있는 곳으로 가버려! 장애인이면 처음부터 우리 학교에 오지 말았어야지. 우리랑 다르니까 괴롭힘 당하는 게 당연한 거 아냐?"

세상에 괴롭힘 당하는 게 당연한 사람은 없다. 아무리 설명을 한다고 해도 희준이는 도무지 말이 통할 것 같지 않았다. 좋은 방법은 아니지만 희준이도 잘못을 느낄 수 있게 방금 들은 말을 그대로 갚아주었다.

"내가 장애가 있어서 괴롭힘 당하는 게 당연한 거면 희준이 너도 똑같이 당해도 되겠네. 내가 보기에 넌 인성에 장애가 있으니까. 그럼 너도 따돌리고 괴롭혀도 된다는 뜻이잖아? 네가 방금 말한 대로."

"뭐라고? 와 씨, 열 받아! 그 입 닫아. 귀머거리."

"네가 한 말이 틀렸다고 말해주는 거야. 어때? 똑같이 들으니까 열 받지? 너도 당하니까 기분 나쁘잖아. 나도 마찬가지야. 지효도 그럴 거고. 장애인이든 아니든, 친구를 욕하고 따돌리는 건 무조건 나쁜 거야. 괴롭히는 게 당연한 건 없어."

"이게 진짜 화나게 만드네. 내가 인성 장애라고? 야! 너 지금 말 다했어? 갑자기 왜 이렇게 나대? 짜증 나게. 우리가 뭘 하든 네가 무슨 상관인데? 그리고 귀머거리 너 언제부터 지효와 친했다고 편드는 척이야? 웃기고 있네. 지효도 맨날 네 욕했다고! 방금도 귀머거리라고 했잖아."

"나도 알고 있어. 하지만 꼭 친해야만 편이 되어줄 수 있는 건 아니야. 누구라도 도움이 필요한 사람에게는 언제든 편이 되어줘야 하는 거야."

싸움 구경에 신이 나서 떠들던 아이들은 내 말을 듣고 꿀 먹은 벙어리가 됐다. 나는 그 자리에 더는 있고 싶지 않았다. 내가 뒤돌아서 강당 밖으로 걸어 나가려고 하자 분이 풀리지 않은 희준이가 옆 반의 피구 공을 뺏어 와서 내 등을 향해 세게 집어던졌다.

[현오야! 얼른 피해! 뒤에 공이 날아오고 있어!]

유리가 다급하게 소리치는데도 나는 그 공을 피하고 싶지 않았다. 내 안에 있는 유리를 굳게 믿고 소리에 즉각 반응했다. 믿음은 가장 큰 힘이 되니까.

쏜살같이 날아오는 공을 두 손으로 힘겹게 받아냈다. 손바닥에 불이 난 것처럼 아팠지만, 예전처럼 내가 피하는 모습을 애들에게 보이고 싶지 않았다. 다시 학교에 오기로 마음먹은 그날부터 나는 새롭게 달라지기로 결심했었다. 그래서 이를 꽉 물고 손에 느껴지는 아픔을 참았다. 하마터면 크게 다칠 뻔했던 상황이었기에, 그곳에 있던 모두가 놀라서 입을 다물지 못했다. 희준이도 막상 던지고 나서 놀랐는지, 공을 던졌던 손이 덜덜 떨리고 있었다. 나는 상처가 나고 빨개진 손바닥을 들어 보였다.

"끝까지 괴롭히니까 만족해? 이 손 보이지? 나는 매일 이렇게 아팠어. 몸도, 마음도."

"……."

"잊지 마. 네가 저지른 잘못을. 기나긴 시간이 지난다 해도 잘못한 사실이 사라지진 않으니까."

* * *

강당에서 나와 학교 건물로 들어갔다. 기분이 별로 좋지 않았다. 교실을 향해 복도를 걸어가는데 언제 뒤따라왔는지 뒤에서 민기가 빠르게 달려오더니 내 앞을 가로막았다. 피해서 옆으로 가려고 하자 재빠르게 이동해서 다시 나를 막아섰다.

"왜 내 앞을 막아서는 거야? 나한테 할 말 있어?"

화가 난 얼굴로 묻자 민기가 우물쭈물하더니 어렵게 입을 열었다.

"너…… 진짜였어? 애들 입 모양을 다 읽을 수 있는 거야?"

"그래. 내가 말했잖아. 다 알아들을 수 있다고."

단호하게 대답하는 나를 보고 민기의 표정이 급격히 어두워졌다.

다시 지나쳐서 가려고 하자 민기가 다급하게 내 팔을 붙잡았다.

"미, 미안해."

"뭐라고?"

"미안하다고⋯⋯."

상상도 못 했던 말이 민기의 입에서 튀어나왔고, 나는 어떤 표정을 지어야 할지 몰랐다. 너무 갑작스러운 민기의 사과에 오히려 크게 당황한 건 바로 나였다.

"네가 입 모양으로 우리의 말을 알아듣는다고 해서 사실은 많이 놀랐어. 그동안 내가 너에게 했던 나쁜 말이 떠올라서⋯⋯. 그래서 더 믿고 싶지 않았어."

"⋯⋯."

"강당에서 네가 한 말을 듣고 속으로 얼마나 찔렸는지 몰라. 사실은 나도 그동안 너를 괴롭히면서 마음이 불편했어. 밤마다 계속 악몽을 꿀 정도로⋯⋯ 그런데⋯⋯."

"그런데?"

"애들이랑 같이 있다 보니 분위기에 휩쓸린 것도 있었어. 나도 그러기 싫었는데 같이 안 하면 내가 따돌림을 당할까 봐⋯⋯. 그러면 안 되는 거였는데⋯⋯. 다 알면서 모르는 척하는 게 더 나쁜 거라고 네가 말했을 때도 엄청 뜨끔했어."

민기는 말을 하면서도 내 눈을 똑바로 바라보지 못했다.

"듣지 못한다고 생각해서 그동안 너에게 욕을 하고 함부로 했던 것

도 사실이야. 애들이랑 모여서 심한 말을 할 때도 네가 그걸 다 알아듣고 있는 줄은 몰랐어. 정말 미안해."

민기가 건네는 사과의 말이 내 귀에 똑똑히 들려왔다. 지금 이 순간은 입 모양을 읽고 있지 않는데, 그 능력 때문에 민기가 나에게 사과를 한다고 생각하니 머릿속이 혼란스러웠다.

"실컷 괴롭혀 놓고 이제 와서 갑자기 사과를 하겠다는 거야? 왜?"

민기의 갑작스러운 사과를 받으니 이상하게 더 화가 났다. 퉁명스러운 내 말에 민기가 말을 더듬었다.

"그, 그건…… 내, 내가 마, 마음이 좀 불편해서……."

그 말을 들으니 기분이 풀어지기는커녕 오히려 참아왔던 화가 더 폭발해 버렸다.

"이렇게 일방적으로 사과하면 다 끝인 거야? 내 마음이 어떤지는 아무 상관도 없어?"

미리 예상한 것과 내 반응이 달랐는지 민기가 크게 당황한 표정을 지었다.

"그래도…… 사과조차 하지 않는 희준이나 다른 애들보다는 이렇게 사과라도 하는 내가 조금 더 낫잖아."

말문이 턱 막히고 한숨이 나왔다. 뭐가 맞는 건지 나도 확실하게 말할 수는 없었다. 하지만 분명한 건 사과를 받았어도 내 마음은 여전히 답답하다는 거였다. 내가 바라던 사과는 이런 게 아니었다.

"난 아니야. 너 혼자서 마음 편하기 위해서 사과하는 건 정말 이기적인 거라고 생각해. 그건 진짜 사과가 아니잖아."

민기는 아무 말도 못한 채 다시 고개를 푹 숙였다. 그 모습을 보니 속이 꽉 막힌 것처럼 더 갑갑해졌다. 힘들었던 시간들이 떠올라서 선뜻 민기의 사과를 받아들일 수가 없었다. 그렇다고 끝까지 사과를 받아주지 않는다면 내 마음 역시 불편할 것 같았다. 어떻게 하는 게 맞는 건지 아직은 잘 모르겠다. 나는 잠시 고민하다가 민기에게 말했다.

"마음이 괜찮지 않은데 억지로 사과를 받아줄 순 없어. 그래도 잘못에 대해 용서를 구하는 건 옳은 일이 맞는 것 같아. 나도 민기 네가 한 사과에 대해서 다시 한번 생각해 볼게."

* * *

집에 돌아온 나는 책상 앞에 한참 앉아 있었다. 새롭게 생긴 고민 때문이었다.

"뭐가 진정한 사과인 걸까? 휴……."

땅이 꺼질 듯 긴 한숨을 내쉬는 나를 보고 유리가 물었다.

[아까 그 애의 말 때문에 고민 중인 거야? 이름이 민기였나?]

"응. 맞아."

[어떤 부분이 고민인 거야?]

"민기는 희준이만큼 나를 힘들게 했어. 나는 그 애들에게 항상 일방적으로 당하기만 했거든. 그럴 때 아무도 나를 도와주지 않아서 상

처도 받고 여러 번 울기도 했어. 그래서 나도 속으로 그 애들을 미워한 적도 있었고……."

[그랬구나. 학교생활이 힘들었겠다.]

"응. 내가 힘든 시간을 보냈기 때문인지 사과하는 민기를 보니 많은 고민이 들었어. 사과를 받고 나를 괴롭히던 애들을 용서하는 게 맞는지, 아니면 여전히 미워하는 마음을 가져야 하는지를. 사실 나는…… 아직 마음의 상처가 사라지지 않았거든. 솔직히 말하면 민기의 사과가 진심으로 와 닿지 않았어."

[음……. 무슨 뜻인지 조금은 알 것 같아. 현오의 마음은 여전히 상처 투성이인데, 사과와 용서를 강요받은 기분인 거지?]

"네 말처럼 그런 기분이 들었던 것 같아."

[그럼 사과를 받아주지 않으면 되잖아.]

"휴……. 잘 모르겠어. 내가 끝까지 사과를 받아주지 않고 용서해주지 않으면 나도 그 아이들과 똑같이 나쁜 사람이 되는 건 아닐까 하는 고민이 들어. 그 부분이 겁나기도 해."

[현오야, 고민하는 너에게 조금은 도움이 되길 바라는 마음으로 내 생각을 말하자면, 지금 네가 느끼는 감정은 오롯이 네 거야. 그러니까 마음에 상처가 남은 상태에서 억지로 사과를 받아줄 필요는 없다고 생각해. 그렇다고 해서 네가 나쁜 건 아니야. 용서는 마음속 상처가 완전히 아물었을 때 천천히 해도 늦지 않아. 누군가의 강요 때문이 아니라 너 스스로 '용서'의 마음이 열릴 때 말이야.]

"스스로 '용서'의 마음이 열릴 때……. 정말 그래도 되는 걸까?"

[내 말이 꼭 맞는 건 아니겠지만, 이거 하나만은 기억해 주면 좋겠어. 네 마음의 정답은 오직 너만이 내릴 수 있다는 걸. 마음속 상처의 크기는 다른 사람이 들여다볼 수 없는 거니까. 그리고 더 중요한 건, 그 마음을 돌보는 것도 현오 너 자신만이 할 수 있다는 거야.]

혼자 끙끙 앓지 않고 고민을 함께 나누고 나니 답답했던 것들이 조금씩 풀어지는 것 같았다. 유리의 말이 맞다. 내 마음의 상처는 나만이 알 수 있고 회복의 속도도 나만 느낄 수 있다. 그렇기에 내가 스스로 아끼고 돌보며 치료해야 하는 것이다. 다른 사람의 강요에 의한 것이 아닌, 내 마음이 온전히 열렸을 때, 진심이 담긴 용서도 할 수 있는 거니까.

"고마워. 유리야. 나에게 많은 도움을 줘서."

[고맙긴. 현오야, 실은…… 나도 너에게 할 말이 있어. 부탁할 것도 있고…….]

"뭔데? 나에게 말해봐. 내가 도울 수 있는 거면 다 도와줄게."

[예전에 내가 누군가에게 도움을 받은 적이 있었어. 방금 내가 너에게 해줬던 말을 그 아이에게도 꼭 전해주고 싶어. 그 아이도 너처럼 마음속에 숨겨둔 아픔이 많거든.]

"아……. 그랬구나. 유리 너와 그 아이는 어떻게 알게 된 거야?"

[학교 놀이터에서 짓궂은 아이들이 나에게 큰 돌멩이를 던져서 다칠 뻔했던 적이 있었어. 위험했던 그 상황에 먼저 나서서 나를 도와줬던

고마운 아이야. 그 뒤에도 몇 번 더 놀이터에서 만났는데 그때마다 나
에게 자신의 이야기를 들려줬어. 매번 울면서 말이야.]

"울었다고? 왜?"

[너처럼 아이들에게 괴롭힘과 따돌림을 당해서 여기로 전학을 왔다
고 말했어.]

전학이라는 말을 듣는 순간 머릿속에 한 사람이 떠올랐다.

"전학? 설마……."

[맞아. 내가 말하는 그 아이는 바로 소희야. 네가 소희 생각을 하며
이름을 말했을 때, 나도 알게 됐어. 나를 도와줬던 그 친구가 현오 너
에게도 소중한 친구였다는 걸. 둘이 놀이터에 같이 있는 걸 보긴 했지
만, 너에게 위로와 용기를 준 그 친구가 소희인 줄은 몰랐거든.]

도저히 믿기지가 않았다. 아이들 앞에서 당당하게 내 편을 들어주
던 소희가 나처럼 따돌림을 겪었다는 사실이. 나와는 다르게 소희에
게는 당차고 멋진 모습만 있다고 생각했는데…….

"그래서 내 이야기를 들을 때마다 표정이 어두워졌던 거구나. 나는
그런 것도 모르고……."

소희에게 너무 미안했다. 생각해 보면 학교를 마치고 만날 때마다
내가 힘든 이야기만 하고 소희의 이야기는 별로 들어준 적이 없었다.
어쩌면 소희도 나에게 힘들었던 일들을 다 털어놓고 싶지 않았을까?

불현듯 소희를 마지막으로 봤던 그날 일이 떠올랐다.

'미안해. 사실 현오 너를 보면…….'

분명 나에게 무언가를 말하고 싶어 했는데, 그날 들어주지 못한 게 줄곧 후회가 됐었다. 생각이 많아지던 그때, 유리가 다시 말을 이어 갔다.

[사람들은 나를 보면 거미라고 소스라치게 놀라거나 무섭다고 도망가곤 했어. 어떤 때는 보기 싫다고 없애려고도 하고, 좀 전에 말한 것처럼 돌이나 다른 것을 던지며 위협하기도 했지. 모진 사람들 속에서 위험에 처한 나를 도와주고, 유일하게 무섭지 않다고 말해준 건 소희뿐이었어.]

유리의 말을 듣고 소희가 나를 위해 희준이 앞에 나서주었던 일이 생각나서 뭉클해졌다.

[처음이었지. 거미인 나를 위해 먼저 나서준 사람은. 나는 소희에게 고맙다는 말을 전하고 싶었지만 그렇게 할 수가 없었어. 소희가 힘든 이야기를 꺼낼 때도 힘내라고 말하고 싶었지만, 그것도 할 수가 없었지. 거미라서 아무 말도 못 하는 내 모습이 속상하기만 했어.]

"내가 귀가 들리지 않아서 답답했던 것처럼, 유리 너도 말을 할 수 없어서 많이 답답했겠다."

나는 누구보다 유리의 말에 공감할 수 있었다. 내가 느끼던 불편함과 비슷했기 때문이다.

[응. 네가 말했었잖아. 너는 귀가 들리지 않고 나는 말을 할 수가 없으니까 우리가 서로에게 부족한 것을 나눠줄 수 있으면 좋겠다고 말이야. 그 말을 들었을 때 나는 소희가 떠올랐어. 내가 말을 할 수 있게

되면 소희에게 위로의 말을 전할 수 있게 되니까. 그래서 현오 네 귀 안에 들어온 이유도 있었어. 너의 소원이기도 했지만, 사실은 나의 간절한 소원이기도 했거든.]

그제야 유리가 나의 소원을 들어준 진짜 이유를 알게 되었다.

"거미인 너와 사람인 내가 서로 다른 것 같지만, 알고 보면 우리는 같았구나. 소희도……."

[그래. 현오야. 오늘 네가 반 아이들에게 당당하게 말하는 모습을 보고 나도 용기가 났어. 나는 이제 너와 친구가 돼서 외롭지 않지만, 소희는 긴 외로움 속에 상처받은 마음이 완전히 다 낫지는 않았을 거야. 그래서 소희에게도 너와 나눈 위로를 꼭 전하고 싶어.]

유리가 진심으로 소희를 걱정하고 생각하는 마음이 고스란히 느껴졌다. 나도 유리처럼 소희에게 전하고 싶은 말이 있었다. 어쩌면 유리와 같은 말일지도 모른다.

"하지만 소희의 귀에는 들어갈 수 없잖아. 네가 하고 싶은 말을 소희에게 어떻게 전할 거야?"

[그래서 말인데, 아까 말했듯이 너에게 부탁하고 싶은 게 있어. 들어줄 수 있을까?]

"물론이지. 부탁이 뭔데?"

[내가 하고 싶은 말을 네가 듣고서 소희에게 나를 대신해서 전해줄래? 현오 네가 해주는 말인 것처럼.]

"그래도 괜찮겠어? 유리 네가 하고 싶었던 말인데, 직접 전하고 싶지 않아?"

[나는 네가 있잖아. 현오 네가 나에게 친구가 되어준 것처럼 소희에게도 좋은 친구가 되어줘. 그게 내 부탁이자 간절히 이루고 싶은 소원이야.]

마음을 전한다는 건, 누군가에게 따뜻한 위로를 전하는 것이다.
유리가 나에게 그랬듯이, 나도 소희에게 그런 위로가 되고 싶다.
유리의 온기 가득한 소원을 담은 더없이 소중한 위로.

8

'나'를 온전히 지켜야 해

기다렸던 토요일이 됐다. 유리와 함께 소희의 집에 찾아가기로 약속한 날이다.

"소희 집은 어떻게 찾지?"

[걱정 마. 내가 어디인지 이미 알고 있으니까.]

집을 나서자 유리는 내비게이션처럼 나에게 길을 자세히 알려줬다. 일러주는 대로 차근차근 따라가다 보니 생각보다 쉽게 찾아갈 수 있었다.

"여기야?"

[응. 맞아.]

소희의 집은 예쁜 정원이 있는 주택이었다. 처음 온 곳인데도 왠지 모르게 낯설지 않았다.

"우리 집에서 꽤 가까운 곳에 있었네. 근데 유리 넌 소희네 집을 어떻게 알았어?"

[여기가 예전에 내가 살았던 곳이야. 이 집이 내가 태어난 곳이거든.]

전혀 예상치 못한 대답에 깜짝 놀라고 말았다. 두 눈이 휘둥그레져서 유리에게 되물었다.

"진짜? 그럼 학교 놀이터에서 소희를 처음 만난 게 아니었어?"

[소희가 오기 전부터 나는 이 집에서 살고 있었어. 그 뒤에 소희가 이사를 오게 됐지. 너희 학교로 전학을 가던 날, 나도 바깥세상이 궁금해서 소희의 운동화에 매달려서 따라간 거야. 체육 시간이 끝나고 소희가 신발에 흙을 털었는데 내가 그만 운동장 놀이터에 떨어져 버렸어. 나 혼자선 집으로 돌아올 수 없어서 어쩔 수 없이 한동안 놀이터에서 지내야 했어. 그러다 큰 위험에 처하게 됐고, 기적처럼 소희가 나타나서 나를 도와준 거야. 영영 못 만날 줄 알았던 소희를 다시 만난 게 돼서 엄청 기뻤어.]

"우와! 정말 기적인 것 같아! 그 넓은 곳에서 소희를 또 만났다는 게 뭔가 운명적이야."

[운명?]

"그래서 다시 만날 수 있었던 게 아닐까? 보이지 않는 끈으로 서로

엮인 것처럼. 네가 전에 말했듯이 거미줄같이 끈끈하게 말이야."

[보이지 않는 끈이라…….]

"어쩌면 그럴 수도 있다는 생각이 들어. 너희 둘 사이가 꽤 특별하게 느껴지거든."

[그런 걸지도…….]

"듣다 보니 갑자기 궁금해지네. 그럼 우리 집에는 어떻게 오게 된 거야? 유리 네가 내 방 창문에 있었던 그날 말이야."

[아! 그날은 놀이터에 모래 먼지가 회오리처럼 일어날 만큼 심한 바람이 불었어. 벤치에서 혼자 쉬고 있었는데, 거센 바람에 작은 내 몸이 붕 떠서 날려버린 거야. 민들레 홀씨마냥. 바람에 실린 채로 잠시 정신을 잃었다가 깨어나 보니, 내가 너희 집 유리창에 붙어 있더라. 또다시 바람에 날릴 것 같아 무서워서 구멍 난 방충망 틈새로 들어간 거야. 잠깐만 있다가 가려고 했는데 현오 네가 소희처럼 내게 말을 걸어줘서 차마 갈 수가 없었어. 내가 그냥 가버리면 너무 슬퍼할 것 같아서…….]

"그렇게 된 거였구나. 사실은 그날 마음이 힘든 날이었어. 네가 떠났다면 많이 슬프고 외로웠을 거야. 고마워, 유리야. 바람에 날려서 도착한 곳이 우리 집이라서 정말 다행이다. 덕분에 우리가 좋은 친구가 됐잖아."

[응. 나도 그래. 그때 바로 말하지 못했지만 나한테 이름을 지어줘서 정말 고마웠거든. 누군가가 나를 이름으로 불러주니까 참 행복하더

라. 예쁜 느낌의 '유리'인 것도 마음에 들었어. 나도 너희 집에 오게 된 걸 다행이라고 생각해. 우리가 서로 만나게 됐으니까. 이런 게 현오 네가 말한 운명이라는 걸까?]

"오! 알고 보면 우리 둘도 운명이었네. 베프가 될 운명!"

[베프? 그게 뭐야?]

"베.스.트.프.렌.드.! 줄여서 베프!"

[무슨 뜻이야?]

"제일 친한 친구!"

[그럼 너와 내가 베프인 거야?]

"당연하지!"

귓가에 유리의 웃음소리가 들려왔다. 해맑게 웃고 있을 유리의 모습을 상상하며 내 얼굴에도 행복한 미소가 번져갔다. 지금 이 좋은 기분을 소희에게도 꼭 전해주고 싶었다.

"소희는 언제쯤 나올까?"

집 앞에서 내내 기다렸지만 한참 시간이 지나도 소희는 나오지 않았다. 더는 무작정 기다리면 안 될 것 같아서 떨리는 손으로 초인종을 눌렀다. '딩동' 소리가 귀에 들리자 덜컥 긴장이 되어 심장이 마구 뛰기 시작했다. 잠시 후, 닫혀 있던 문이 열리더니 낯선 아저씨가 밖으로 나왔다.

"누구……?"

"아, 안녕하세요. 아저씨."

몸집이 매우 큰 아저씨를 보고 당황해서 말을 더듬었다. 어색한 내 모습에 아저씨는 고개를 갸웃거리며 물었다.

"처음 보는 것 같은데 우리 집에는 무슨 일이니?"

"혹시 여기가 소희 집 맞나요?"

내 입에서 소희의 이름이 나오자 아저씨의 눈이 한순간에 커졌다.

"어? 맞긴 한데……. 너는 누구니?"

"저는 소희 친구, 이현오라고 합니다."

"친구? 새 학교에 전학 와서 만난 친군가……."

아저씨는 알 수 없는 표정으로 혼잣말을 하더니 이내 나를 보며 말했다.

"아……. 소희 친구가 집에 찾아온 건 처음이라서 조금 놀랐구나. 그런데 여긴 무슨 일이니?"

"친구가 오랫동안 학교를 결석해서 걱정이 되어 찾아왔어요. 지금 소희 집에 있나요?"

"아니, 지금은 없단다."

"어디 갔어요?"

"병원에……."

"네? 병원이요? 소희가 아직도 많이 아파요? 병원은 어디예요? 아저씨, 소희 괜찮아요?"

병원이라는 말을 듣고 놀라서 나도 모르게 질문이 한꺼번에 튀어나왔다. 그런 나를 물끄러미 바라보던 아저씨가 갑자기 손을 들어서 내 머리를 쓰다듬어주었다.

"우리 딸을 진심으로 걱정해 주는 걸 보니 진짜 친구가 맞구나."

좋은 말을 해주시면서도 아저씨의 표정은 왠지 모르게 슬퍼 보였다.

"네. 소희를 알게 된 건 얼마 되지 않았지만 그래도 힘들 때 저를 도와준 고마운 친구예요."

내 말을 들은 아저씨는 의외라는 듯 다시 물었다.

"너를 도와줬다고? 우리 소희가?"

"네. 힘든 일을 겪고 있었던 저를 아무도 도와주지 않았을 때, 소희가 제일 먼저 나서서 도와줬어요."

"그랬구나……."

"소희가 학교에 오지 않아서 너무 허전하고 많이 걱정돼요. 저에겐 정말 소중한 친구니까요. 아저씨, 소희는 어디가 아파서 병원에 간 거예요?"

아저씨는 땅이 꺼질 듯이 긴 한숨을 내쉬었다.

"하……. 그때도 너처럼 좋은 친구가 있었다면 우리 딸이 병원에 다니는 일은 없었을 텐데……"

아저씨는 내가 몰랐던 소희의 이야기를 조심스레 꺼내놓았다.

"그게……, 소희가 여기로 이사 오기 전에 학교에서 무척 힘든 일이 있었단다."

"네? 힘든 일이요?"

"어느 날 갑자기 아이들에게 따돌림을 당했다고 하더구나. 왜 당하는지 이유조차 알지도 못한 채 말이야. 처음에는 몇몇 아이들이 괴롭히기 시작했는데 시간이 갈수록 점점 무리를 지어서 괴롭히는 정도가 더욱 심해졌다고 했어. 욕을 하거나 침을 뱉고, 심지어 학용품을 버리거나 체육복을 찢은 적도 있었고. 쉬는 시간에는 화장실에 가두고, 학교를 마치면 소희를 둘러싸고 때리기까지…….."

듣기만 해도 힘든 일을 소희가 직접 겪었다고 생각하니 눈물이 차올랐다. 마음이 아파서 무슨 말부터 해야 할지 몰랐다. 힘든 이야기를 꺼내며 울컥한 아저씨도 나처럼 눈물을 글썽였다.

"반 아이들 모두가 약속이라도 한 것처럼 소희를 괴롭혔다고 했어. 뒤늦게 그 사실을 알고 분노해서 학교로 찾아갔지만, 정작 괴롭히던 아이들은 아무렇지도 않더구나. 우리 딸은 끔찍한 시간을 보냈는데 그 애들은 괴롭힌 게 아니라 전부 장난이었다고 말했어. 후회하거나 반성하는 모습도 전혀 없이……. 소희는 여전히 힘든 기억에서 벗어나지 못해서 고통받고 있는데…….."

"어떻게 그럴 수가 있어요?"

"하……. 그 모든 건 소희에게 장난이 아닌 폭력이었어. 끝없이 아프게 만들었으니까. 그때부터 지금까지도……. 우리 딸이 그토록 고통받고 있었다는 사실을 내가 조금만 더 일찍 알았더라면…….."

결국 아저씨의 눈에서 눈물이 떨어졌다. 그 모습을 바라보는 내 눈에서도 눈물이 흘러내렸다. 소희는 나를 위해 나쁜 아이들과 용감하게 맞서줬다. 학교에서 봤던 소희의 모습과 아저씨가 말하는 소희의 모습이 사뭇 달라서 놀랄 수밖에 없었다. 소희에게도 이렇게 힘든 시간이 있었을 거라고는 꿈에도 생각하지 못했기 때문이다.

"그럼 병원은……."

"사실 전학을 오기 전에도 트라우마 때문에 병원에서 심리 치료를 계속 받고 있었어."

"심리 치료요?"

"그래. 그때부터 지금까지 치료도 꾸준히 받고 새로운 동네로 이사도 오니까 전보다는 조금씩 나아지고 있었단다. 하지만 마음에 안정을 찾고 온전히 괜찮아질 때까지는 병원 치료를 좀 더 받아야 돼. 아직은 불안정한 상태라……. 어쩌다 보니 처음 만난 너에게 이런 힘든 말을 하게 됐구나. 미안하다. 현오라고 했지? 우리 집에 찾아온 첫 번째 친구가 현오라서 소희에게 힘이 되어줄 수 있을 것 같았어. 그래서 이런 말을 꺼낸 것 같구나. 아저씨가 좀 주책이었지?"

"아니에요. 아저씨. 저에게 말씀해 주셔서 감사해요. 친구인데도 소희가 힘들었다는 걸 모를 뻔했어요. 제가 힘들 때 소희가 위로해 준 것처럼 저도 소희에게 좋은 친구가 되어주고 싶어요."

눈물이 가득 찬 눈으로 아저씨는 나를 바라보며 천천히 고개를 끄덕였다. 바로 그때,

"현오야!"

내 이름을 부르는 반가운 목소리에 뒤돌아보니 소희가 엄마와 함께 집으로 걸어오고 있었다.

수상한 개미소년

"소희야!"

"뒷모습만 보고 혹시나 했는데 진짜 너였네. 여기는 왜 온 거야? 우리 집은 어떻게 알았어?"

"그거야…… 우린 친구니까. 원래 친구 사이에는 모르는 게 없는 거야."

얼떨결에 대답하고 머리를 긁적이며 헤벌쭉 웃어 보이자 고개를 갸웃거리던 소희도 그냥 피식 웃었다. 그런 우리를 보고 아저씨가 말했다.

"소희는 좋겠구나. 진심으로 걱정해 주는 친구가 생겨서."

* * *

소희와 나는 근처 공원으로 갔다. 어색한 분위기를 없애기 위해서 내가 먼저 말을 꺼냈다.

"소희야, 괜찮아?"

"뭐가?"

"병원에 다녀왔다며……."

잠시 놀란 표정을 짓던 소희가 금세 얼굴빛이 어두워졌다.

"아저씨께서 말씀해 주셨어. 네가 병원에 간 것과 이유까지도……."

"그랬구나."

"소희야, 우리가 마지막으로 만났던 그날, 내게 하고 싶었던 말이 있었던 거지?"

"어? 그게…….."

"그동안 네 이야기를 들어주지 못해서 미안했어. 소희야, 있잖아.
너만 괜찮다면 힘든 일이 있을 땐 나에게 다 털어놔도 돼. 마음속에 담
아둔 이야기가 있을 때도……."

"현오야……."

"나 오늘 새 보청기로 바꿔서 평소보다 조금 더 들을 수 있거든. 네
가 멋지다고 말해준 내 능력까지 더해서 전부 다 들어줄게."

소희의 기분을 풀어주고 싶어서 활짝 웃어 보였다. 엄마가 내게 그
랬듯이. 선생님과 유리가 나를 도와준 것처럼, 나도 소희의 힘든 고민
을 같이 나누고 싶었다. 혼자서 참고 버티는 건 외롭고 버겁다는 걸 누
구보다도 잘 알고 있기 때문이다. 새 보청기로 들을 수 있다고 말한 것
도 소희가 좀 더 편하게 말할 수 있게 해주고 싶어서였다. 오늘만큼은
두 귀로 진짜 다 들을 수 있으니 소희의 이야기를 꼭 듣고 싶었다.

"그래. 너에게 하고 싶었던 말이 있었어. 아빠에게 들었겠지만 사실
전에 다니던 학교에서 왕따였어. 심한 괴롭힘도 당했었고……."

끔찍한 기억이 떠올랐는지 소희의 큰 눈망울에서 눈물이 하염없이
흘러내렸다. 한참을 서럽게 울던 소희는 오랫동안 속에 담아두었던
이야기를 어렵게 꺼내놓았다. 듣는 내내 마음이 아파서 내 눈에서도
눈물이 멈추질 않았다. 아저씨에게 들은 것 외에도 소희가 실제로 겪
은 고통은 말로 다 표현할 수 없을 정도로 충격적이었다.

"진짜 화가 난다. 그렇게 나쁜 짓을 저지르면서 다들 죄책감도 없는 거야? 분명히 해서는 안 되는 일이라는 걸 알고 있을 텐데, 왜 다 같이 나쁜 행동을 하는지 모르겠어. 나도 애들한테 오래 당해서 소희 네가 얼마나 외롭고 힘들었을지 알아. 누군가한테 도와달라는 말을 하기도 어려웠을 거고……."

"현오 네 말이 맞아. 처음에는 엄마, 아빠에게도 차마 말을 못 하겠더라. 나 때문에 속상해하고 슬퍼할까 봐……. 애써 감추다 보니 날이 갈수록 지쳐만 갔어. 학교에 가기도 싫었고 애들을 마주치는 게 두려웠어. 교실 앞에만 가면 겁이 나서 몸이 얼어붙을 정도로……."

"뭔지 알 것 같아. 나도 애들이 따돌릴 때마다 도망치고 싶은데도 꾹 참고 견뎌야 했으니까. 교실에서 나를 아예 없는 사람 취급하거나 반대로 나만 타깃으로 삼고 모두가 괴롭힐 때 얼마나 고통스러운지도……."

"휴……. 그리고 보면 학교에서도 다 보호받지는 못하는 것 같아. 학교에서 벌어지는 무서운 일들을 나 혼자 다 감당해야 해서 하루하루 견디는 것도 버거웠어. 매일 눈뜨면 학교에 가야 하는데 말하기 힘든 폭력이 숨어 있는 곳이니까……."

"그치. 막상 학교 폭력을 당하게 되면 주위에 도움을 요청하는 것도 쉽지 않더라. 학생이라서 다음날도 어김없이 학교에 갈 수밖에 없는데, 그 상황에서 말하면 애들한테 더 괴롭힘을 당하게 될 것 같아서……. 게다가 선생님께 말씀드리면 엄마도 이 사실을 다 알게 되잖

아. 나 때문에 엄마까지 슬퍼지는 건 싫었어."

"현오 너도 그랬구나. 나도……."

한동안 우리 둘은 말없이 하늘만 바라봤다. 한참 시간이 흐른 뒤에야 내가 먼저 조심스럽게 입을 열었다.

"그런데…… 소희야, 나는 조금 이해가 되질 않아. 그 애들이 너를 괴롭힐 이유가 없잖아. 나는 귀가 들리지 않아서 따돌림을 당했지만, 넌 나처럼 장애가 있는 것도 아닌데 왜……."

소희는 천천히 고개를 저었다.

"왕따가 된 이유는 딱히 없었어. 현오 너도 귀가 들리지 않아서 괴롭혔다기보다, 그저 애들한텐 화풀이 대상이 필요했던 거야. 내가 그랬거든. 처음엔 몇 명만 괴롭혔는데, 어느새 교실에 있던 모두가 나를 따돌리고 있었지. 당하는 나는 너무 괴로운데 애들은 단순히 재미로 하는 거라고 말했어. 미안한 기색도 없이. 아무렇지 않게 말하는 걸 보고 학교 폭력이 더 무섭게 느껴졌어. 다른 사람에게 고통을 주는 걸 쉬운 장난으로 생각하니까……."

"그걸 어떻게 장난이라고 생각해? 당하는 사람에게는 큰 상처인데……. 이런 잔인한 학교 폭력이 다 사라지면 좋겠어."

"언제쯤이면 완전히 사라질까?"

긴 한숨을 쉬며 어깨가 축 처진 소희를 보니 마음이 아팠다.

"기운 내. 소희야. 그래도 너는 더 늦기 전에 부모님께 도움을 요청했잖아. 먼저 말하는 것도 대단한 용기라고 생각해. 나는 엄마한테 사

실대로 말할 자신이 없었거든. 넌 어떻게 부모님께 말할 수 있었어?"

"음…… 용기를 내기까지 수없이 고민했어. 숨기면서 참기만 하니까 오히려 괴롭힘이 더 심해지고, 나아지는 건 아무것도 없더라. 그래서 뒤늦게 말할 결심을 했지. 사실이 다 알려진 후, 학폭위가 열리면서 불편한 일도 겪어야 했지만, 지금 생각해 보면 그때 선생님과 부모님께 말한 건 잘한 일인 것 같아."

"그렇게 알리고 나서 달라졌어?"

"응. 엄마 아빠도 곁에서 최선을 다해 도와줬고 병원 치료도 받기 시작했어. 내가 바라던 대로 전학도 시켜주고 여기로 이사도 올 수 있었어. 전부 잊고 전학 간 학교에서는 새로 시작하겠다고 매일 굳게 다짐했지. 다른 사람들 앞에서 일부러 밝게 지내려고 노력도 했어. 내가 겪었던 안 좋은 일을 새 학교에서는 아무도 모르게 하고 싶었으니까. 그런데……"

"그런데?"

"전학 온 지 며칠 만에 다시 마음이 힘들어졌고 또 다른 고민이 생겨버렸어."

"또 다른 고민? 어떤……"

"애들이 너를 괴롭히고 따돌리는 걸 봤으니까……"

순간 심장이 쿵 하고 내려앉았다. 생각지도 못한 소희의 말에 머릿속이 하애지는 것 같았다. 겨우 마음을 진정시키고 소희에게 물었다.

"……내가 괴롭힘을 당하는 게 왜 네 고민이야? 애들이 괴롭히는 건 나니까 그건 내 고민인 건데……."

"그게…… 다른 아이들처럼 너를 모른 척해야 하는지에 대한 고민……."

머리를 한 대 얻어맞은 것 같았다. 나에게 멋있는 영웅처럼 느껴졌던 소희도 이런 고민을 했었다는 게 믿어지지 않았다.

"미안해. 현오야. 사실 고민이 많이 됐어. 내가 나서게 되면 전에 다니던 학교에서처럼 다시 따돌림을 당하게 될 것 같아서 무서웠어. 끔찍한 그때로 돌아가고 싶진 않았거든."

"……."

"하지만 반대로 내가 아무것도 하지 않으면 나를 괴롭혔던 아이들과 별반 다를 게 없다는 생각에 몹시 괴로웠어. 이런 걸 고민하는 내 모습이 부끄럽기도 했고, 선뜻 나서서 도와주지 못하는 나 자신에게도 답답함이 느껴졌어. 다른 애들 때문에 힘들어하는 너를 볼 때마다 미안해서 마음이 편하지 않았어."

긴 이야기를 끝내고 소희가 진지한 표정으로 내게 물었다.

"현오 네가 나였다면 어땠을 것 같아?"

소희의 어려운 질문에 바로 답을 할 수가 없었다. 만일 나였다면 그 상황에 어떻게 했을까? 이렇게 답을 내리기 쉽지 않은 상황에서 나를 도와주기로 결심한 소희의 마음이 궁금했다.

"그렇게 힘들어하면서도 왜 나를 도와준 거야?"

"거미……."

"어?"

"놀이터에서 우리가 같이 봤던 그 거미 말이야."

소희가 유리에 대해서 무언가를 알고 있나 싶어서 속으로 크게 당황했다.

"거, 거미가 왜?"

"한참 고민을 해도 결정을 내리지 못하고 갑갑해서 학교 놀이터에 갔었거든. 그날 놀이터에서 거미를 봤어. 너와 같이 보기 전에 말이야."

"나와 같이 보기 전에 거미를 봤다고?"

"응. 놀이터에서 여러 명이 모여 거미를 괴롭히고 있는 모습을 보게 된 거야. 힘없는 작은 거미에게 죽으라며 소리치고 무거운 돌을 던지며 웃고 있었어. 그걸 보니 내가 당했던 끔찍한 기억이 떠올랐어. 순간 나도 모르게 화가 나서 나쁜 짓을 하는 애들한테 괴롭히지 말라고 크게 소리쳤지. 누군가를 돕는 것도, 내가 직접 불의에 맞선 것도 그 거미 덕분에 하게 됐어."

이야기를 듣는 내내 소희와 나를 바꿔서 생각해 봤다. 만일 내가 소희의 상황이었다면 어떻게 했을까? 어느새 내 안에도 새 고민이 자라나는 것 같았다.

"거미를 괴롭히던 애들을 쫓아내고 나니 뭔지 모르게 뿌듯하더라. 또다시 괴롭힘을 당하지 않게 거미를 안전한 곳으로 보내주고 나는 집으로 갔는데…… 다음 날부터였어."

"다음 날부터라니? 뭐가?"

"놀이터에 갈 때마다 내가 늘 앉는 벤치에 거미가 찾아왔어. 몸의 색이 특이해서 알아볼 수 있었지. 안전한 곳을 찾느라 꽤 멀리까지 보내줬는데, 그 먼 길을 작은 몸으로 찾아와준 거야. 내가 있는 곳까지 포기하지도 않고……. 그래서인지 거미가 힘들게 온 이유가 나와 함께 있어주려는 것처럼 느껴졌어. 내가 외롭지 않게……."

소희의 말을 듣고 귓속에서 유리가 말했다.

[맞아. 소희 곁에 있어주려고 한 거였어. 나를 도와줘서 고마운 마음도 있었고, 소희 눈빛이 슬퍼서 왠지 모르게 외로워 보였거든. 나라도 같이 있어주면 조금 괜찮을까 해서…….]

나는 유리의 말을 듣고서 소희에게 전해주었다.

"소희 네 생각이 맞을 것 같아. 거미가 너에게 진심으로 고마워했던 게 아닐까? 그러니까 너를 위로해 주러 온 거겠지. 오늘 내가 너를 찾아온 것처럼."

"정말 그런 걸까?"

"물론이지. 거미가 소희 너에게 좋은 친구였네. 그렇게 거미가 함께 있어줘서 외롭지 않았어?"

"응. 내 이야기를 편하게 할 수 있는 상대가 생겨서 좋았어. 부모님에게 도움을 요청하긴 했어도 학교에서 내가 겪었던 고통을 전부 다 말할 수는 없었거든. 치료를 위해 일부만 말했을 때도 엄마와 아빠가 펑펑 우는 모습을 봐서 차마 말하지 못한 부분도 있었어."

부모님 생각에 소희의 표정이 금세 슬퍼졌다. 그 표정의 의미를 알 것 같았다. 나도 엄마가 속상해할까 봐 학교에서 일어나는 일들을 모두 숨겨야 한다고만 생각했었다.

"속에 있던 답답함을 거미에게 하나씩 털어놨던 것 같아. 힘든 이야기도, 슬픈 이야기도 거미는 다 들어줬거든. 신기하게도 놀이터에 갈 때마다 거미가 항상 나를 기다리고 있었고, 내가 울 때도 곁을 지켜줬어. 고민을 털어놓으니 무거웠던 마음이 한결 편안해지더라. 거미가 나에게 위로가 되어준 거야."

소희의 이야기를 들으며 나도 힘든 걸 감추기만 했던 지난날이 후회가 됐다. 그리고 거미가 위로가 되어줬다는 말에 깊이 공감해서 고개를 끄덕였다. 나에게도 유리는 그런 친구니까.

"어쩌면 그 거미도 소희 너와 같은 마음이었을 거야."

"정말 그랬을까?"

"응. 분명히."

"진짜 그랬으면 좋겠다. 그 거미 덕분에 많은 것을 깨달았거든. 누군가가 내 곁에 있어주는 것만으로도 큰 힘이 된다는 걸……. 그때, 결심했던 것 같아."

"결심?"

"더는 모른 척하지 않겠다고. 현오 너에게 힘이 되어주는 친구가 되겠다고 말이야."

눈물이 핑 돌았다. 소희의 진심을 듣고 진한 감동이 밀려와서 가슴

깊은 곳이 뭉클해졌다.

"그날, 앞에 나서서 하지 말라고 희준이에게 큰 소리로 말하면서도 사실 속으로는 엄청 떨고 있었어. 겉으로는 당당한 척했지만 이마에서는 식은땀이 흐르고 있었거든. 신기한 건, 하기 전에는 그렇게나 걱정과 고민이 가득했는데 막상 하고 나니 속이 후련하더라."

두려움을 무릅쓰고 나를 도와준 소희에게 진심으로 고마웠다. 그래서 소희가 고민했다는 사실에 대해서도 섭섭한 마음은 들지 않았다. 오히려 조금은 미안한 마음이 들었다. 나를 위해 나서기까지 오랜 아픔을 이겨내야 했을 테니까.

"하지만…… 이후로도 내 안에는 불편한 마음이 남아 있었어."

"왜?"

"너와 친구가 되고 나서 다 괜찮아질 거라 생각했지만 현실은 그렇지 못했어. 학교에서는 비밀 친구로 지내고 같이 놀 수도 없어서 너무 미안했거든. 너는 내게 괜찮다고 말해도 아니라는 걸 뻔히 아니까. 나도 여전히 애들 눈치를 보는 것 같은 기분이 들어서 속상했어."

"아……. 그것 때문에 나한테 미안하다고 했던 거야?"

"응. 게다가 다른 이유도 있었어. 친구로서 솔직하게 다 표현하는 너와 다르게 나만 뭔가 숨기는 것 같아서 계속 마음에 걸리더라. 우린 친구 사이니까 비밀을 만들고 싶진 않았거든. 나에 대한 이야기도 사실대로 말하고 싶었고. 쉽게 입이 열리지 않아서 매번 기회를 놓쳤었는데 이제야 말하게 됐네. 네가 먼저 나에게 물어봐 줘서 용기가 생긴

것 같아. 고마워. 현오야. 오늘 이렇게 찾아와 줘서."

"그랬구나……. 고맙긴. 그럼 그날 내게 하려던 말이……."

"방금 한 이야기들을 털어놓고 싶었어. 병원에 다니고 있다는 사실
도……. 여전히 나는 치료를 받고 있어. 극복하기 위해 노력하고 있지
만 한번 마음에 생긴 상처를 깨끗이 없애기는 어렵더라. 처음에는 이
치료를 언제까지 해야 하는지, 영원히 끝나지 않는 건 아닌지, 그런
생각이 들어서 좌절도 하고 많이 불안하기도 했어. 나를 이렇게 만든
애들을 원망하기도 하고, 어떨 땐 애꿏은 나를 탓하기도 했지. 그럴 때
마다 오히려 나만 더 힘들어지는 것 같았어. 이제는 그러지 않으려고
해."

"소희야……."

"예전에 나는 병원 치료를 받는다는 사실도 숨기려고만 했는데, 앞
으로는 솔직하게 말할 거야. 병원에서 심리 치료를 받으면서 깨닫게
된 건, 혼자서 아픔을 다 견딜 필요는 없다는 거야. 필요할 때는 누군
가에게 도움을 청하는 것도 괜찮다는 말이야. 그렇게 내 상처를 하나
씩 줄여나가는 것도 큰 용기더라. 현오 너도 그랬으면 좋겠어."

내게 말을 하는 내내 소희의 눈에서는 눈물이 그치지 않았다. 소희
의 따뜻한 마음이 나의 마음에도 고스란히 전해져서 같이 눈물을 흘
렸다.

"너에게 다 말하고 나니까 다시 편하게 학교에 갈 수 있을 것 같아.
현오야, 이젠 학교에서도 비밀 친구가 아닌 진짜 친구로 지내자."

나는 얼굴에 남은 눈물을 닦아내고 빙그레 웃어 보였다.

"소희야, 우린 이미 진짜 친구잖아."

그때, 한층 밝아진 유리의 목소리가 들려왔다.

[오늘 찾아오길 잘했어. 이제라도 소희가 마음의 짐을 덜어낼 수 있게 됐으니까. 너희 둘은 서로에게 따뜻한 위로가 되어주는 것 같아. 현오 너와 소희를 만나고 나서 알게 됐어. 친구는 참 소중하다는 걸.]

'유리 너도 그래. 우리 셋은 서로에게 정말 소중해.'

[그렇게 말해줘서 고마워. 언제, 어디서나, 보이지 않는 곳에 있어도 너희를 응원할게.]

나는 유리가 한 말을 소희에게도 대신 전해주었다.

"소희야, 이건 기억해줘. 눈에 보이지 않아도 세상에는 너를 응원하는 누군가가 있다는 것을. 그것만으로도 충분한 위로가 되니까. 너 혼자가 아니라는 걸 언제나 잊지 마."

내 말을 들은 소희가 고개를 끄덕였다.

"현오야, 너도 이거 하나는 기억해 주면 좋겠어. 애들한테 따돌림을 당한 건 네 잘못이 아니야. 그러니까 너 자신을 탓하지 마."

나도 소희를 보며 힘차게 고개를 끄덕였다.

그 순간, 우리에게로 기분 좋은 바람이 불어왔다. 우리는 그 바람을 느끼며 서로를 향해 환한 미소를 지어 보였다. 햇살보다 더 따뜻하게.

"아! 맞다! 소희 네 서랍 속에 내가 넣어둔 게 있었는데, 너 웃는 모습 보니까 생각 났어."

"그게 뭔데?"

"다양한 거미에 대해서 찾아보고 자료를 프린트한 거야. 서랍에 넣어둔 지 꽤 됐는데, 네가 학교에 오지 못해서 전해주지 못했거든. 거미 이야기를 나눌 때면 소희 네가 항상 웃었잖아. 그 생각이 나서 찾아 모은 거야. 방금처럼 해맑게 웃는 얼굴을 보고 싶어서."

"정말? 내가 그랬다고? 처음 알았어. 나는 잘 웃지 않는다고 생각했는데……."

"그럼 거미에게 고마워해야겠네. 너를 기쁘게 해줬으니까. 내가 넣어둔 걸 보고도 밝게 웃으면 좋겠다."

"들을수록 궁금하네. 어떤 내용이었어?"

"그건 네가 학교에 왔을 때 주는 선물이니까 아껴두고, 대신 최근에 알게 된 중요한 거미 이야기를 알려줄게."

방금까지 눈물을 글썽이던 수희는 거미 이야기가 나오자 언제 그랬냐는 듯 호기심 가득한 눈빛으로 반짝였다.

"나는 원래 거미도 무서워했었고, 베란다나 학교 담벼락에서 갑자기 마주치는 거미줄도 기분 나쁘다고만 생각했어. 쓸모없다고 여겼거든. 그랬던 내가 바뀌었어. 알고 보니 거미는 우리에게 도움을 주는 고마운 존재였으니까. 더 놀라운 건 전혀 필요 없다고 생각했던 거미줄 역시 도움이 된다는 거야."

"뭐? 거미줄이 우리에게 도움이 된다고? 우와, 의외네."

"그렇지? 거미가 자신을 보호하기 위해 만드는 거미줄이 사람들을 보호해 주는 방탄복의 소재로 쓰이기도 한대. 완전 신기하지 않아? 혹시 알고 있었어?"

"와! 나도 그것까지는 몰랐어. 진짜 신기하다."

"나는 귀가 들리지 않아서 세상에서 내가 필요 없는 존재가 아닐까 하고 고민한 적이 있었어. 이렇게 거미에 대해 알기 전까지는. 무심코 지나칠 수 있는 거미줄조차도 우리에게 도움이 된다는 사실을 알고 나서 내 생각을 바꾸기로 결심했어. 무엇이든 불필요한 건 없는 거라고. 저마다 세상에 생겨난 이유가 충분히 있을 테니까."

"아까도 느꼈는데, 현오 너 오늘따라 조금 달라진 것 같아. 전보다 더 의젓해졌다고 할까?"

"그래. 예전에 나라면 너희 집까지 찾아올 용기도 내지 못했을 거야. 소희 너를 만나서 내가 용기를 얻은 것처럼 내 곁에서 함께 도와준 친구가 있어. 그 친구가 내게 말해줬어. 내 마음의 정답은 오직 나만이 내릴 수 있다고. 마음속 상처 역시 나 자신만이 들여다볼 수 있대. 그걸 돌볼 수 있는 것도 바로 '나'라고. 스스로를 돌보는 것, 그게 제일 중요하다고 말이야."

"나를 돌보는 건 바로 '나'……."

"그러니까 아직 남아 있는 마음의 상처를 낫게 하는 것도 바로 소희 너 자신인 거야. 지금처럼 네 마음을 돌봐주다 보면 아팠던 상처들도 점점 옅어지게 될 거야. 그렇게 시간이 지나가면 언젠가는 그 상처가 아문 자리에서 새살이 돋아나지 않을까?"

소희에게 전한 그 말은, 나에게 하고 싶은 말이기도 했다.

우리는 스스로를 보호하고 지켜내야 해. 너도, 그리고 나도.

9

별처럼 빛나는 소원

집으로 돌아오는 길에 많은 생각이 들었다. 깊은 밤, 바로 잠에 들지 못하고 책상에 앉아서 지난 일들을 떠올리고 있을 때, 유리가 내게 말했다.

[현오야, 내가 소희에게 전하고 싶었던 말을 대신 전해줘서 고마워. 내 소원을 들어줬으니까 나도 네 소원을 하나 들어주고 싶어. 만약 과거로 돌아갈 수 있다면, 언제로 다시 돌아가 보고 싶어? 네가 상처받지 않았던 때로 되돌려 주고 싶어서 그래.]

유리의 질문을 듣고 곰곰이 생각했다. 시간이 한참 흐르고 나서야 마침내 결정을 내렸다.

"나를 생각해 주는 네 마음은 고맙지만 과거로 돌아가진 않을 거야. 왜냐면 나는 지금의 나를 온전히 돌보고 싶거든. 이게 내 마음의 정답이야."

[아까 소희가 한 말이 맞구나. 현오 너 처음 만났을 때와 많이 달라진 것 같아.]

"나도 그렇게 생각해. 너와 소희를 만나고 나서 내가 조금 더 자란 기분이 들어."

[기특하네. 그럼 현오 네가 한 뼘 더 성장한 기념으로 내가 너에게 보여주고 싶은 게 있어.]

"보여주고 싶은 거?"

[응. 네가 꼭 기억했으면 하는 그때.]

신기하게도 봄날처럼 방 안에 따뜻한 바람이 불었다. 그 바람이 나와 유리를 감싸 안으니 눈 깜짝할 사이에 우리가 있던 공간이 다른 공간으로 바뀌었다. 내 앞에 펼쳐진 풍경을 보고 두 눈이 휘둥그레졌다. 좀 전과는 완전히 달라진 모습이었다. 내가 초록빛 잔디가 있는 정원에 서 있는 게 아닌가! 더욱 놀라운 건, 바로 그곳에 익숙한 주택이 있었기 때문이다.

"이게 다 어떻게 된 거지? 어? 여기는 아까 갔던 소희네 집이잖아!"

잠시 후, 집 현관문이 열리더니 키가 작은 어린아이가 정원으로 걸어 나왔다. 그 뒤를 이어 나온 누군가를 보고 나는 크게 놀라고 말았다.

"엄……마?"

"현오야, 조심해. 그러다 넘어질라."

지금보다 젊어 보이는 엄마는 아이의 손을 꼭 잡고 초록빛 잔디 위를 천천히 걷고 있었다.

"그럼…… 저 어린아이가 바로 나라는 말이야?"

[그래. 맞아. 현오야. 여기는 내가 태어난 곳이기도 하고, 현오 네가 태어난 곳이기도 해. 네가 세상에 나왔을 때 나는 아직 없었지만, 나 대신 우리 엄마가 이 집에서 살고 있었어.]

"뭐? 그럼 우리가 만난 게 우연이 아니야? 그럼 소희는…….''

[소희의 엄마가 이 집에서 태어나셨대. 소희가 아프고 지쳤을 때, 쉴 수 있는 따뜻한 곳으로 여기를 떠올리셔서 이 집으로 다시 이사를 오셨다고 했어. 특별한 추억이 담긴 집이라서.]

"진짜야? 그럼 우리가 이렇게 만난 것도…….''

[네가 말했잖아. 아마도 운명…… 그런 거겠지? 눈에 보이지 않는 인연처럼 말이야.]

"그러네. 아주 오랜 시간을 돌아서 만났구나. 우리 모두가…….''

나는 한참 동안 젊은 시절의 엄마를 바라봤다. 원래도 우리 엄마가 예쁘다고 생각했는데, 젊은 시절의 엄마는 참 예뻐 보였다. 엄마가 어린 나의 손을 잡고서 정원을 거닐며 바람을 쐬다가 한쪽에 살며시 앉

았다. 그리고 다정하게 말해주었다.

"현오야, 이 '거미'가 보이니? 사람들은 거미의 겉모습만 보고 편견을 가지기도 하고 때론 멀리하기도 하지만, 알고 보면 거미는 세상에 없어서는 안 되는 중요한 존재란다. 현오가 나중에 조금 더 컸을 때, 현오의 귀를 보고 사람들이 상처를 주거나, 마음을 아프게 할 수도 있어. 그런 힘든 일들이 너에게 없기를 바라지만, 세상에 나가보면 생각보다 더 차갑고 냉정하게 너를 대할 수도 있거든. 언젠가 힘든 일들이 생겼을 때, 살아가면서 눈물이 나거나 너무 지쳤을 때, 오늘 엄마가 해준 말이 현오에게 꼭 닿았으면 좋겠어. 귀에 들리지 않아도 마음은 전해질 거라고 믿으니까…….

현오야, 너는 세상에 꼭 필요한 사람이란다. 엄마에게는 없어서는 안 되는 정말 소중하고 귀한 아이야. 그걸 언제나 기억하렴. 엄마가 많이 사랑한다는 것도."

엄마는 어린 나를 품에 꼭 안아주었다. 아무것도 모르는 어린 시절의 나는 해맑은 표정으로 엄마의 품속에 안겼지만 지금의 나는 엄마의 진심에 울컥해서 뜨거운 눈물이 흘러내렸다.

"엄마는 항상 나를 지켜주고 용기를 주었구나. 힘든 세상을 내가 이겨낼 수 있게……."

[모든 엄마들은 다 그런 것 같아. 너희 엄마가 바라보고 있는 저 거미가 우리 엄마야.]

"유리 너의 엄마라고?"

[그래. 우리 엄마도 늘 나를 지켜주고 차가운 비바람을 막아주는 든든한 우산 같은 존재였어. 슬프게도 나는 엄마와 함께할 수 있는 시간이 길지 않았어. 그래서 네가 부럽더라. 너에게는 엄마가 항상 곁에 있잖아. 힘들 때도, 좋을 때도. 너희 엄마의 수많은 노력이 있었기 때문에 현오 네가 일반 학교도 갈 수 있었다고 생각해. 많은 시련도 있었겠지만, 그 시간 동안 앞으로 나아가는 법도, 힘들 때 손을 내미는 법도 알게 됐잖아. 무엇보다 다행인 건, 현오 너는 거미인 나와 다르다는 거야. 사람들은 참 좋은 게 있더라. 삶이 길다는 거. 거미는 사람보다 수명이 짧다 보니 모든 게 금방 끝나서 후회와 아쉬움이 남아. 현오 넌 나보다 훨씬 더 오래 살아갈 수 있으니까 언제든지 빛날 수 있어. 그러니 지금의 아픔은 긴 인생 중에서 스쳐 지나가는 짧은 순간일 뿐이야. 앞으로 너에게 다가올 행복한 순간들에 비하면.]

유리의 진심이 담긴 말이 내 마음속에 들어왔고 수많은 별이 되어 반짝였다. 그 별들 사이에 내가 달이 되어 눈부시게 빛나고 있었다.

* * *

소중하고 뜻깊었던 시간을 보내고 다시 현재의 우리로 돌아왔다.

[아까 내가 소원으로 과거에 데려가 주겠다고 했을 때, 현오 너는 소원으로 빌지 않았잖아. 과거 여행을 다녀온 건 내가 너에게 주는 선물로 할게. 나도 너희 엄마를 보며 깨달은 게 있거든. 그 깨달음이 나에게도 큰 선물 같았어. 나도 귀중한 것을 받았으니 현오 너에게도 진짜 소원을 들어주려고 해. 말하지 않아도 현오가 진심으로 바라는 게 먼지 내가 알고 있으니까.]

"내 진짜 소원?"

[그래. 현오야, 지금 바로 이 방을 나가서 너희 엄마에게 말해도 돼.]

"뭘?"

[귀가 들리면 제일 먼저 하고 싶었던 일이 엄마의 목소리를 듣는 거라고 했지?]

"맞아."

[그다음은 귀가 들리게 되면 진심으로 기뻐할 엄마에게 제일 먼저 말하는 거였잖아.]

"지금 그 말은…… 엄마에게 귀가 들린다는 사실을 말해도 된다는 뜻이야?"

[응. 이제는 말해도 괜찮아. 현오야.]

괜찮다는 유리의 말에도 나는 여전히 걱정이 됐다.

"전에 네가 말했잖아. 내 귀가 다시 들리게 됐다는 사실을 말한다고 해도 남들은 나를 믿어주지 않을 거라고 말이야. 대부분의 사람들은 보이지 않는 걸 믿지 않는다고…….”

[그랬지. 하지만 남이 아닌 엄마잖아. 네 곁에 있으면서 나도 깨닫
게 됐어. 엄마는 남들과는 다르다는 것을. 그리고 과거에 가서 우리의
엄마들 모습을 보고 오니까 더 확실히 알게 됐어. 엄마는 자식을 끝까
지 믿어주고 모든 것을 감싸주는 존재라는 걸…….]

“유리 네 말이 맞아. 세상에서 내가 제일 사랑하는 우리 엄마라면,
내가 무슨 말을 하더라도 나를 믿어줄 거라고 생각해. 그래도 엄마에
게 사실대로 말하면 내 귀가 다시는 들리지 않는다고도 했었잖아. 이
제야 겨우 소리를 되찾게 됐는데 또다시 잃게 되는 건 너무 겁이 나.”

[현오야. 이제는 겁낼 필요 없어. 좀 전에 내가 했던 말 벌써 다 잊
은 거야? 내가 너의 진짜 소원을 들어준다고 말했잖아. 네가 그토록
간절히 바라던 오랜 소원 말이야.]

“내가 간절히 바라던 오랜 소원?”

순간, 내 눈이 별처럼 빛났다.

“그럼 유리 네가 들어준다던 내 소원이……!”

[잃었던 너의 소리를 완전히 되찾아 줄게. 나의 가장 소중한 친구인
현오 너에게.]

유리의 말이 끝나자마자 방문을 활짝 열었다. 가슴이 벅차올라서
단숨에 엄마에게로 달려갔다. 오늘도 엄마는 나를 위해 맛있는 음식
을 준비하고 있었다. 나는 달려가서 엄마를 두 손으로 꼭 끌어안았다.

“어? 현오야, 무슨 일 있니?”

"엄마…… 나 소리가 들려. 엄마의 목소리가 들린다고!"

"뭐? 현오야, 그게 무슨 말이야?"

"지금 엄마가 나에게 하는 말을 전부 다 들을 수 있다는 말이야. 내 두 귀로 엄마의 목소리를 또렷하게 듣고 있어. 세상에서 제일 좋은 소리를."

엄마는 눈물을 흘리며 아무런 말없이 내 얼굴과 귀를 따뜻하게 어루만졌다. 엄마는 내게 아무것도 묻지 않았다. 그저 나를 오롯이 믿어주고 품속에 따뜻하게 보듬어주었다. 그동안 많이 수고했다고 말해주듯이.

그렇게 우리는 행복한 눈물을 흘렸다. 나는 어렸을 때 엄마에게 하지 못했던 말을 지금에서야 온 마음을 담아서 전했다.

"사랑해, 엄마."

나의 다짐처럼 엄마에게 기적을 보여줄 수 있게 됐다. 하지만 이번에는 나 혼자서 이뤄낸 게 아니라, 유리가 우리를 위해서 보여준 기적이다. 앞으로는 내가 스스로 해낼 수 있는 진짜 기적을 만들어가고 싶다. 그리고 나처럼 힘들어하는 친구들에게 꼭 말해주고 싶다.

나를 지켜냈을 때 기적은 이뤄지는 거야.

지금 이 글을 읽는 너도 그랬으면 좋겠어.

그러니 세상 누구보다 소중한 '나'를 잃지 마.

마음을 아낌없이 돌봐주고, 자신을 온전히 사랑해줘.

그럼 된 거야.

179

친구를 위한 마음의 선물

"나의 소중한 친구, 유리야……."

마지막 눈물이 흘러내려서 슬픈 우리의 마음을 이불처럼 포근히 덮어주었다.

이제는 영원히 내 안에서 잠들게 된 유리가 나에게 말했다.

"그래. 현오야, 너만의 정답을 찾게 돼서 참 다행이야."

(끝)